U0114273

博客思出版社

為愛無需道歉

NO
APOLOGIES
FOR
LOVE

瑞菲 著

目錄

第一章　　　　006

第二章　　　　014

第三章　　　　023

第四章　　　　031

第五章　　　　037

第六章　　　　041

第七章　　　　045

第八章　　　　065

第九章　　　　072

第十章　　　　076

第十一章　　　079

第十二章　　　087

第十三章　　　095

第十四章　　　098

第十五章　　　102

第十六章　　　115

第十七章　　　　122

第十八章　　　　133

第十九章　　　　140

第二十章　　　　144

第二十一章　　　151

第二十二章　　　154

第二十三章　　　165

第二十四章　　　176

第二十五章　　　192

第二十六章　　　201

第二十七章　　　209

第二十八章　　　213

第一章

　　十七歲那年的十月二十三號，我背著黑色旅行袋從綠穀戒毒所走出來，透過玻璃門就見他一邊踱步一邊朝這邊張望。聽到門響，他停下來，一見是我立刻把手從西褲口袋裡抽出來，張開雙臂迎上來。看著迎上來的他，我也想有所表示，或者說點什麼，可是不知為什麼我喉嚨堵得出奇，張不開口，腳下開始猶豫，後來乾脆停了下來。見我停下，他也放慢腳步，在空中舉著的雙臂定格，然後慢慢地垂了下去，臉上期待的表情漸漸消散，代之以難以描述的欲言又止。他似乎完全理解了我的停頓，這幫我做了決定。我把頭一低，繞過他直接走到車後，打開後備箱，把行李扔了進去。

　　他站在原地沒動，目光追隨著我，過了一會兒低下了頭。我知道他明白了，我沒好，他太聰明了，他是名律師，

什麼也逃不過他的眼睛。我們默不作聲地在原地站了一會，「吃飯了嗎？」他問。我還是沒説話，腳卻開始移動，低著頭走到車旁，坐進駕駛座後面的座位。

Blue Dreams，「海之夢」，他又帶我來到這個波城最貴的餐廳，他總是以為只要對我好我就不恨他了，他錯了，我恨他，我十五歲就開始恨他，現在還恨。

他，是我的爸爸，家中我最親近的人，我叫他 Daddy Jay，爸爸傑恩。可是在我十五歲那年事情變了樣，一切都變了，面目全非。從那以後我再也沒有叫過他爸爸，我對他的稱呼變成了一串省略號。

我和他默不作聲地吃著各自的晚餐。我們的沉默影響到了周邊餐桌，他們本來熱烈的談話漸漸靜了下來。黑色的桌布！太靜了，靜得讓我覺得不堪承受，我挪動身體換了個姿勢，一抬頭正看到血色夕陽映照下他閃光的金髮。還是那樣梳得一絲不苟，金燦燦地發亮！我這樣想著，突然感到一陣無端的煩躁。

「我要一杯血瑪麗。」我說。

他抬起頭，看了我一會兒，喚來服務生。

「兩杯血瑪麗。」他說。

我想哭，反而笑了。我伸手把服務生放在他面前的血瑪麗拿了一杯過來，倒入我剩下的蔓越莓汁，然後端起杯子晃了晃開始喝了起來。我一邊喝一邊笑。他一味地寵我，我要什麼他給我什麼，從來不說 NO，而我卻恨他。一切都是他的錯，是的，一切都是他的錯，包括他對我這種近乎縱容的溺愛。世上有這樣的父親嗎？我剛從戒毒所出來，就把手又伸給魔鬼，他在一邊看著，什麼也不說，還托了我一把。我一口喝乾了杯子裡的混有蔓越莓汁的血瑪麗。我親生父親一定不會這樣！我心想。

我把空杯推過桌面，放到他面前，又把他的那杯挪到自己面前。我呷了一口，發覺原來那種辛辣乾烈的酒精味沒有了，取而代之的是一種甘酸甜如飴的味道。

真好喝！我想著，端起酒杯又開始喝，一口接一口，像是快乾死的莊稼遇到甘露。

周圍的一切變得美好起來，「血瑪麗」，多麼漂亮的名字！黑色的桌布像騎士的披風飄了起來……

黑、紅、金，我看到這三個顏色大塊大塊地在我眼前飄過：「啊，多麼昂貴的色彩組合！」他後來告訴我這是當晚我唯一說過的一句話。

第二天醒來我感到頭痛欲裂，口乾舌燥。我使勁睜開眼睛想弄明白自己在哪兒，一抬頭正對著窗外射進來的一縷陽光，眼睛被閃得生痛。我掙扎著爬起來，看到身上穿的還是昨天那身衣服，環顧四周，想起昨天從戒毒所出來的事，想起血瑪麗，想起飄起來的黑桌布……

床頭櫃上的手機閃著綠光，我伸手去拿，卻被一陣湧上來的噁心改變了前驅的方向，我衝進廁所，大口大口地吐起來，吐完感覺好點，頭卻更痛了，咚咚咚，像是要炸開。我扶著櫃子站起來，嘴巴對著水管開始喝，咕嘟咕嘟……

我聽見喝水的聲音，有點恍惚，是本在喝水嗎？我看到他的喉結在上下滑動。本，我們今天晚上吃什麼？吃什麼－吃什麼－聽到自己的聲音在屋子裡回蕩，我清醒了一些。沒有本，我還在自己的臥室。我搖搖頭，想努力找回自己的意識。嗯，沒有本，只有咚咚的頭痛。我按著太陽穴挪回床邊。

　　手機還在閃著綠光，像是幽靈在跟我打招呼。我坐在床邊喘勻氣，拿起手機，點開螢幕，看到電已經充滿。我知道是爸爸傑恩幫我充的電，他思維縝密，做事周到。我拔下接線頭，看到手機桌面提示有六個新短訊，我試圖解碼，可是手抖得太厲害，劃了幾次都沒成功。咚咚咚，小錘子還在堅韌不拔地敲著我的神經。我用左手握住右手手腕又劃了一次，這次解開了。點開短信，一個是 DJ，我爸爸，Daddy Jay 的。我現在跟他說話時沒有稱謂，別人提起他時我管他叫 DJ，Daddy Jay 的首寫字母。他告訴我他今天要上法庭去為一個客戶辯護，讓我照顧好自己，冰箱裡有買好的食物⋯⋯一個是艾瑪姨的留言，說是歡迎我回來，要約我吃飯；其它四個都是本發給我的，沒說什麼就問我好，說他想我。

都挺好，除了我的頭要炸裂開，其他都挺好！這麼大的房間，漂亮的傢俱……頭太痛了，我把自己摔回床上，手機好像是掉在了地上，隨它去，我只想知道如何趕走那頑固的咚咚咚的敲擊聲。

　　等我再次醒來時天色已暗。我聽到樓下有動靜，一定是爸爸傑恩回來了。幾點了？我找到掉在地下的手機，看了看時間，七點十五分，這麼晚了！我翻身起來，衝進浴室。洗完澡頭不痛了，空空的，但是不痛了。我在衣帽間清一色的黑色服飾裡找到那條本喜歡的吊帶長裙，穿上以後在鏡子前打量自己。還可以，挺有個性的！我用本的標準給自己打了分，然後畫了一個淡妝來到樓下。

　　餐桌上放著剛買來的冒著香氣的 BBQ 烤肉和剛烤好的新鮮麵包，爸爸傑恩穿著圍裙在擺桌子，聽見我下樓的聲音抬起頭：「狄娜，親愛的，休息得怎麼樣？」他問我，一臉的熱切。

　　「嗨，」我冷冷地打了個招呼，沒說話。

「嗯，過來，吃晚飯吧，我拌了生菜沙拉。」他臉上的熱切消失了，聲調還是討好地歡快。

「對不起，我要出去，不吃了。」我避開他的眼睛，望向別處。

他好像被人堵住了嘴，突然沒了話。我頓了一下就朝大門走去，在掛車鑰匙的地方，我的手碰到了走廊櫃子上的鮮花，粉粉的一大捧。我知道那是他買的，為我買的。粉色是我兒時最喜歡的顏色，可是現在的我，我看看自己的黑裙子跟腳上的黑靴子。還買粉色花！我心想，但什麼也沒說。我知道，說也沒用，他跟我一樣有的地方特別固執。我用手劃過那飽滿的花瓣，手與花瓣的接觸就像手被眾多的花瓣親吻。「花吻」，是我小時候給這個動作起的名字，每次家裡買了鮮花，我都湊上手臉，感受那芬芳的吻。我現在早已沒了這份心境，只是一個習慣動作而已。門關了一半，我聽到他在後面喊：「別忘了給我發短信。」

「別忘了給我發短信。」坐在車裡，我腦子裡迴響著這句話。發短信是我必須遵守的底線，他不問我去哪，卻

堅持讓我給他發短信。他需要知道我在哪裡。

「在你十八歲之前，我是你的法定監護人，如果找不到你我就報警！」上次把我從警察局接回來時，他看著我的眼睛一字一句地對我這樣說。我記住了，從那以後我就記住了，因為我不想讓警察再介入我的生活。

我給本發出一條短訊，告訴他我一會兒就到。

街邊的灌木快速閃過，街景變得熟悉起來。一想到本，他那對碧藍的眼睛就在我眼前晃。它們大而憂傷，看著醉人。在戒毒所裡沒有一天我不擔心他，可是他總是說一切都好，關於他的生活細節不肯多說一句。

爸爸傑恩不問我去哪兒，他知道我是去找本，不問是他無聲的抗議，爸爸傑恩不願意我跟本在一起，他覺得本會把我帶壞。

把我帶壞？本是那種螞蟻都不願傷害的人！上次爸爸傑恩對我說出他的擔心，我跟他急了眼。誰帶壞誰還不知道呢！他只知道本用藥，還以為自己女兒是個天使。

第二章

　　本跟我是一樣的人，我們來到這個世界，殘缺不全，即便是那無知的幼年，即便衣食無慮，那種缺憾的失落感也一直伴隨左右，長大了那種感覺有了名字：苦悶，惆悵，它有時突如其來控制整個情緒，有時滯留不去，讓人覺得傷心鬱悶一切都沒有意義。我們就那樣挨著，從小到大，不知道這種感覺從何而來，也不知道如何擺脫，直到那一天我們遇到彼此，我們緊緊相擁，那種失落才離我們而去。生活有時就像拼圖遊戲，稀奇古怪的形狀，散落不全，對上了，圖像方才完整，有了意義。本跟我就是各自散落的那一半，找到彼此，方感完整。

　　想到本，一股暖流傳遍全身，我對他有一種本能的渴望，就像渴了要喝水，餓了要吃飯，不可或缺。這種感覺使我安心，那是跟克莉絲蒂娜，那位與我有特殊關係的女

友在一起時從未有過的體驗。快到本家了，看到路邊熟悉的灌木，我聽到了自己的心跳，臉開始發熱。

映著殘陽，遠遠的，我就看到抱著吉他坐在前院露臺上的本，白色的Ｔ恤被前院草叢裡的照燈染成暖暖的淺橘色，搭在前額上金褐色的頭髮變成紅色。看到我的車，他放下吉他站起來，張開雙臂等著我。

車剛一停穩，我便跳下車，砰的一聲關上門，就朝著本飛奔過去。

剛到屋前，還沒上臺階，本就跳下來一把把我摟進懷裡，他抱得那樣緊，那樣的迫切，就像溺水的人抓住一根稻草。我融在他懷裡，心跳得幾乎讓我窒息。過了一會，本捧起我的臉開始吻我，我的額頭，我的眼，我的臉頰，我的嘴……他滾燙的嘴唇喚醒了我身上的每個細胞，渴望的信號隨著沸騰的血液傳遍全身，周邊的一切慢慢消失，被夕陽染成金色的房簷開始旋轉，最後只剩他逐漸變得急促的呼吸。我狂跳的心迎著他顫慄的身體，朝起朝落，那遠隔萬水千山也要渴求完整的欲望窒息了我們。不知道過

了多少時間，本平靜了一些，我開始吮吻他，萬物溫潤，花已盛開，那微甜的花蜜，我吸也吸不夠。夜幕降臨了，時間不復存在，本的呼吸又開始急促，我突然眼裡盈滿淚水，抬起頭尋找本的眼睛。他見我哭了，用兩手捧著我的臉，為我擦拭淚水，我破涕為笑，他也笑了，握住我插在他頭髮裡的手說：「看你，我今天才理的髮！」我掙開他的手又插進他濃密的頭髮，他就勢抱起我，走進房子⋯⋯

我們兩個並排躺著，喘著氣，本咯咯地笑了起來，我看看他，也跟著笑了起來，我們兩個笑成一團，又擁在了一起。

又是本抽開了手，撩起我揉亂了的長髮問：「吃飯ㄌ嗎？」

我搖頭，問：「你呢？」再次倚進他的懷裡。本的懷抱於我就像母親的懷抱於嬰兒，我不只是依戀是沉迷。

本說 No，他一邊說著，一邊抽出一隻手，用食指抬起我的下巴問：「我們吃什麼？」

我們看著對方笑，過了一會，「泰餐！」我們同時叫道。

　　每次都不謀而合，就像那形狀怪異的拼圖，今生前世的等待就是為了那完美的契合。

　　我叫了泰餐外賣，兩份泰式雞炒飯，放下電話我看了一眼本，他笑，不用問，我們倆的口味出奇地相像。

　　「快給我看！」我掙開本的胳膊，跳了起來，攤著兩手對本說。本知道我說的是什麼，我想看他的卡通作品。本是一個天才的卡通畫家，他在休士頓德州藝術學院上了一個學期的課就不上了，說是學不到東西，退了學開始找工作。他把作品寄到各大卡通製作公司，得到很好的回應，好幾個公司都想要他，他選了夢工廠，那是他心儀的一個公司，他喜歡他們卡通片的畫風跟製作。

　　本走到書桌前拿出幾張草圖。長頸鹿，有的坐著，有的站著，還有一張上面畫了一個小長頸鹿攀在媽媽的脖子上夠樹葉。鮮豔的色彩，簡潔誇張的筆觸把每個長頸鹿的

個性都描繪得淋漓盡致。它們身上的花紋像極了拼圖方塊。

「哇，我太喜歡了！」我一邊說一邊學著那些長頸鹿的動作。「是給夢工廠畫的嗎？」

「是的，我們現在製作的卡通片叫《我的印章》，要選身上花紋清楚的六種動物，每種動物主題要上交二十張草圖。這裡還有。」本說著打開電腦，點開夢工廠文檔。

「每種動物都要交二十張草圖？那麼多！畫得出來嗎？」我聽者都者急，創作只有天賦還不夠，還需要靈感。

「嗯，需要寫生，你週末要是沒事，陪我去動物園寫生吧？」

「好呀！我簡直等不及了！」我摟住他的脖子親了一下，又回去看他電腦上的草圖。

這張是什麼？我指著一張畫，黑色背景裡幾點長頸鹿的花紋，本走過來看看說：「被黑夜吞噬」，一邊說還一

邊學著像是要吃了我。我嘻嘻哈哈地躲著他，心裡卻忽悠一下。

　　畫的題目讓我想起斯蒂文·查普曼的《我會在這裡》那首歌裡的一句歌詞，我哼了起來。

　　如果明天你醒來，

　　太陽卻沒出來，

　　我，我會在這兒；

　　如果愛被黑夜吞噬，

　　別害怕，拉著我的手，

　　因為我會在這裡；

　　……

這是我最喜歡的一首歌，歌詞就像在訴說心聲。

「如果你想安靜，我便靜候一旁；如果你想訴說，我便在此傾聽；不論你是歡笑還是哭泣，不論是輸是贏還是初次嘗試，我們都在一起，自始至終，因為我就在這裡……」

吃完飯，本拿起吉他，一邊彈一邊唱，他的聲音低沉而憂傷，我落下淚來，走過去擺弄他垂在額前的頭髮。

本抬起頭問：「今晚你還走嗎？」

我搖搖頭，一邊用指尖繼續擺弄著他的頭髮，一邊跟著唱起來。

「我會在這兒，我們會在一起，我會在這兒，我們會在一起，我會在這兒，我們會在一起……」唱啊唱啊，我們唱累了，相擁著睡在了沙發上。

＊

本起來時候我知道，但是我沒動。他衝進廁所，在裡面待了很長時間，出來以後，他沒回到沙發上來，他進了他的臥室，反鎖上門。我睜著眼睛看著天花板，還是沒動，上次我從戒毒所出來，他也是這樣。他不想讓我看到他的樣子，更怕帶壞我！我淚流滿面，起來拉開冰箱門，拿出啤酒喝起來。我一邊喝一邊哭，哭著哭著，我看到克莉絲蒂娜把我肩上的吊帶擼下來，她在我耳邊輕輕地耳語：別怕，狄娜，別怕，我會非常輕柔。克莉絲蒂娜的指尖涼涼的，我的意識走進一扇大門，一會開啟一會關閉……

我醒來時看到本坐在電腦前修改他的畫，桌上的啤酒瓶已經收走。

「你什麼時候起來的？我一點不知道。」我問。

本看了看電腦螢幕上的時間：「大概兩個小時之前吧？你睡得很香，沒聽見。」

「現在幾點了？我中午要跟艾瑪姨還有 DJ 一起吃飯。」我一邊揉眼睛一邊坐起來。

「十點半了。」本說，繼續在他的電腦前工作。

「哦，那我得快一點了，我們約好十一點半在安詩尼餐廳見面，市中心的那個。」

我站起來走到本的身邊，在他的頭髮上親了一下：「你跟我一起去吧？」

本回過頭來笑：「不去，他們又沒邀請我。再說了你爸爸不喜歡我。」

「DJ 沒有不喜歡你，他只是不了解。」我不知道自己為什麼要為爸爸傑恩辯解。邊說我邊拿出換洗的衣服走進浴室。

第三章

　　通常擁擠的車道，不知為什麼今天人不多，沒有堵車，我先到。坐在高腳凳上，喝著服務生送來的免費飲料，我揉著太陽穴環顧餐館的四周：非常考究的設計。淡米色的牆堅固厚實，牆的周邊上下都是黑桃花心木寬寬的鑲邊。哪裡像餐廳！我想起哈佛法學院鑲木的走廊，爸爸傑恩拉著我的手，走得很莊嚴……我收回目光，繼續打量著這個用來等人的大廳：寬敞闊綽，牆與牆之間的距離像個小型舞場，除了牆角放了幾個高及屋頂的綠植，整個大廳只有幾個供客人小歇的高腳桌椅。less is more 少既多，這麼大的空間用來等人這就是品味吧？英文中 Class 既有階層有也品味的意思。陳設上了檔次就是無言的定位，一有了 class，人們就會從潛意識裡調出一套標準應對程式。我低頭看看腳上滿是金屬釘的厚底皮靴，拉了拉緊身黑色皮上衣，我知道自己與這個環境格格不入。

正想著，我聽到一陣喧嘩，回過頭，我看到艾瑪姨跟爸爸傑恩一起走進來。我站起來迎他們，還沒站穩艾瑪姨就一把把我抱住，開始使勁地親我，親了額頭，親鼻尖，完全無視我鼻子上的金屬環。「又長高了！快跟你爸爸一樣高了！」她摘下墨鏡把我跟我爸爸傑恩拉到一起上下打量。

「時間都到哪裡去了，傑恩？」她表情誇張地轉向她弟弟，我的爸爸。

爸爸傑恩微微一笑，伸手示意我們跟著服務生入座。

艾瑪姨總是那樣漂亮而得體。那天她穿著一件白色低領卡爾文·克雷恩的新款夏裝，簡約而考究的裁剪配上她高挑的身材使她顯得額外年輕。她湛藍色的眼睛在精心描繪的眼影的托襯下顯得迷人而富有活力。她的金髮跟爸爸傑恩一樣濃密，那天被梳成一個十分別致的髮式。頭髮在頭頂靠右的地方斜著分了一條縫，金色的秀髮瀑布似的沿著分界線齊刷刷地傾瀉而下，又在肩膀處酣暢淋漓地被節流，裁得那樣齊，不由得讓人多看一眼，感受那種果斷。

小時候我跟爸爸傑恩最親，跟艾瑪姨第二親，爸爸傑恩對我無原則地寵愛，艾瑪姨總是誇我。我撒嬌耍賴無所顧忌是個寵壞了的孩子。長大以後我對愛有了新的看法，我不再撒嬌，認定艾瑪姨對我好的部分原因是因為我是她弟弟的女兒，我沒法不這樣猜測，她們兄弟姐妹五人裡他們姐弟倆長得最像感情最好。十五歲那次跟蹤以後，我對什麼都懷疑。

　　「那麼接下來你有什麼打算呢？」入座開吃以後，艾瑪姨咽下她嘴裡的生菜沙拉問。

　　「嗯，我想搬出去住。」看著爸爸傑恩皺起來的眉頭，我料定這將是一場艱難的談話。

　　「不行，你還不到十八歲！」爸爸傑恩放下他手裡的叉子，嘴裡蹦出這句話。

　　艾瑪姨看了看我們倆，換了個角度切入：「搬出去？那你住哪裡呢？租房是很貴的。」她不動聲色地支持她弟弟。

其實我挺感激艾瑪姨，她不像她弟弟那樣死板。「我要搬去跟本一起住，我想找份的工作，跟他一起合租那套房子。」我說。

　　「找份工作？你中學剛畢業，沒有一技之長，又沒學歷，你到哪裡去找工作？」爸爸傑恩壓著聲音說。

　　我見馬蜂窩越捅越大，低著頭不說話，我知道爸爸傑恩不是不放心我找工作，他是不想讓我跟本搬到一起。

　　「嗯，我理解你的想法，我年輕時也想早早離開家。」艾瑪姨又及時地按住已經開始竄動的火苗。「只是你爸爸希望你去上大學，你擅長學習，對你來說學習考試一點不難，他已經給你準備好了學費。」

　　我知道她說我擅長學習是什麼意思，高中三年我常常缺課，卻門門功課都通過。我也納悶，不過我的記憶確實好，看東西過目不忘。

　　「我不想去上學，我想去餐館打工，我能養活我自

己。」我眼睛瞪著窗外說。

「什麼叫不想上學？！」爸爸傑恩完全不認同我的想法，壓著聲音接著說：「你說要去餐館打工？嗯，你說得沒錯，在餐館打工你確實能給你自己提供最基本的生活費用。可是以後呢？以後你會有家庭吧？靠餐館打工你能養得起一個家嗎？」他說話時口吻像足了老爸！

「以後的事我不想考慮。」

「OK，沒問題，以後的事你現在不用考慮，大學三年級時決定專業都行，你現在只需要決定去上哪一所大學。」

「我不想上學！我不知道我以後想幹什麼，我連自己是誰都不知道，我上什麼學！」話一出口我就後悔了，對一個從小把你養大的人這樣說等於一筆勾銷了他日日夜夜的含辛茹苦，讓他與所有的企盼一刀兩斷。

我的話刺痛了每一個人，爸爸傑恩跟艾瑪姨都知道我說的是什麼，我們都感到了這個話題的沉重，沒有人敢捅

破這層窗戶紙，大家都沉默了。從小我就特別難帶，剛一懂事我就找媽媽，指著書上畫的媽媽使勁地要。艾瑪姨説他們，我的兩個爸爸，被纏得沒辦法了只好打電話給她向她求助。每年萬聖節我都扮成公主，要艾瑪姨扮成皇后。艾瑪姨在我就是個安靜的好孩子。

　　我不是不感恩，我真的不知道我是誰，我感覺自己是棵沒根的小草，不知道怎麼就來到這個世界上。小時候我一味地找媽媽，本以為大了懂事了就好了，可是沒有，我的身世像一個無法擺脫的魔咒纏著我不放，被親生父母拋棄這個想法一直噬咬著我的心。上初中時我不再提找媽媽的事，可是我並沒有放棄尋找他們的想法，有一段時間我瘋狂地在網上查找有關我生身父母的蛛絲馬跡，任何有關領養中國孩子的消息我都不放過，爸爸傑恩，爸爸鮑比包括艾瑪姨也幫我想辦法聯繫中國的領養機構，可是所有的努力都白費，領養機構連名字都換了，我還是那棵無根的小草。上了高中，我不再尋找我生身父母的資訊，不，我並沒有擺脫那纏著我的魔咒，我帶著咒符踏上了青春期的糾結之路，我陷入更深的危機：身份危機，我對自己的性別產生了疑問。跟克莉絲蒂娜的交往顛覆了我的自我認知，我開始懷疑自己的性別，覺得自己是同性戀也可能是雙性

戀者。身份認知的危機讓我惶恐不安，原來就缺少歸屬感的我，如今大自然的鐵律再次證明我是個異類，是個錯誤，我在一個徹底否定自己的漩渦裡打轉感覺自己一無是處……我開始理解為什麼我的親生父母不要我，他們做得對，我是如此不堪，換了誰也會把我扔掉。只是我不明白爸爸傑恩跟爸爸鮑比為什麼要我？！他們這樣做還連累了艾瑪姨，我為他們感到不值！

「好吧，年輕人不都是這樣嗎！」艾瑪姨又出來打圓場，二十多年房地產經紀人的精明使她總是能抓住問題的關鍵，化整為零的去解決。

「你說呢，傑恩？」她看著她弟弟說：「狄娜想自食其力是好事，讓她試試吧？」

爸爸傑恩閉著嘴不吭聲。

「是因為本嗎？」艾瑪姨看著她弟弟，繼續尋找關鍵詞：「本是個好孩子，我見過他，他的卡通可是畫得一流，聽說在夢工廠工作。」她揀好的說，誰都不敢提用藥一事。

不提也在那裡，搬不走的一座山。「嗯，我剛出來，我知道怎樣照顧自己跟本。」我也不敢不提，可是我必須搬出去，轉彎抹角地點到為止。

聽了我的話爸爸傑恩眼睛裡的光熄滅了，他知道我認定的事誰勸也沒用，這一點我跟他很像。

「是呀，他們都是大人了，再說了，狄娜又不是去火星，如果需要，我們還是在她身旁。」艾瑪姨說。

留不住我，爸爸傑恩退守二線，他的眼睛採納了艾瑪姨的建議，但是不再說話。

第四章

　　跟別人不一樣，我沒有媽，卻有兩個爸。我降落到波城時就有兩個爸，那時我五個月大，雙腳內翻啼哭不已，可是艾瑪姨說在我兩個爸爸的眼裡，我就是最完美的天使，是上帝給他們的最好的禮物。

　　作為一個被拋棄且有生理缺陷的孩子，能被視為完美天使，我是何等的幸運，還別說我的新家溫馨完美幾近極致。爸爸傑恩・麥卡錫是個備受尊敬的律師，不僅業務超群，性格沉穩達練，而且長相出眾。他有一副像明星一樣典型的的斯拉夫人的相貌，高個子，寬額頭，金頭髮。爸爸傑恩各方面都頗受人矚目。爸爸鮑比・布魯諾是個電腦工程師，也是一米八的大個子。作為義大利後裔，他有著褐色的皮膚和黑色的卷髮。他瘦削的的臉上留有絡腮鬍，帶著眼鏡的黑眼睛炯炯有神。他的個性就像他的外表給人

的印象一樣嚴謹而堅毅。他們兩個都熱愛藝術與運動，生活繁忙而充實。然而，爸爸們總是覺得生活中缺少點什麼，直到有一次他們去登乞力馬札羅山時，遇到一個亞裔三口之家。這個家庭的父母與十二歲的女兒同心協力克服了種種困難登上山頂。那溫馨的畫面讓他們羨慕不已，從那時起他們產生了要領養一個孩子的願望，他們希望把心裡充盈的愛給予一個需要他們的小生命。

兩個爸爸的家庭想要領養，別說家裡人難以接受，官方也不允許。在美國兩個媽的家庭想領養都會遭到質疑，兩個爸的家庭基本辦不到。可是我的兩個爸不一樣，他們都堅信愛能戰勝一切。

「特別是傑恩，」艾瑪姨說：「你知道他認準了的事有多固執。」

自從有了領養孩子這個想法他們就開始準備，裝修房子，佈置嬰兒室，改裝兒童適宜電插銷，把家裡所有的櫃子都裝上了防止兒童扒開的裝置……按領養規定開出結婚兩年以上的證明，去州警署開出沒有不良記錄證明，去醫

院開健康證明，保險公司開保險證明，銀行開資產證明，還要參加嬰兒護理培訓……走完兩年的程序，爸爸傑恩說他們感覺變成兩個被輸入程式的合格出廠的嬰兒監護機器人。

只是沒有嬰兒需要他們監護，天使沒有降臨。他們守著鑄就的窩，每天在網上搜索，任何嗷嗷待哺的生靈在他們眼裡都是天使，可是他們都一個個飛走了，沒有一個屬於他們！巴望著那遙遠的國度，他們一邊祈禱那個為他們而降生的小天使快快到來，一邊繼續搜索。功夫不負有心人，終於有一天他們的誠意感動了上帝──彼岸的國度居然放鬆領養標準，允許合格的爸爸們領養有生理缺陷的孩子。天使就是天使，折翼天使也是天使。爸爸傑恩說他跟爸爸鮑比在電腦裡從領養機構的官方網站上看到這一消息的那一刻他們簡直不能相信自己的眼睛，立刻就聯繫當了地的領養機構。

數年的翹首以待，悉心準備終於等到了天使降臨的這一天。二十一年前七月十一號那天下午三點三十分，我抵達波士頓。爸爸鮑比從爸爸傑恩手裡接過五個月大的我時他哭了，爸爸傑恩緊緊摟著抱著我的爸爸鮑比也哭了。艾

瑪姨說他們都哭了，你卻笑了，咯咯地笑，好聽極了，儘管你那時雙腳奇怪地內翻著，可是如花的笑屬奶裡奶氣的聲音完全融化了兩個男人的心。

我自己走了五到六步叫著大大衝到爸爸傑恩懷裡那天是七月八號，跟這一「壯舉」同時被記錄到我的里程碑紀念冊裡，還有爸爸鮑比贏的一百美元。爸爸鮑比跟爸爸傑恩打賭，說我一定會自己走路的，可是爸爸傑恩總是無端地擔心，怕我做的手術太多走不了路。到達波士頓的次年七月八號那天，我掙開爸爸鮑比的手，邁開雙腳蹣跚地撲向爸爸傑恩的懷抱，那時我十六個月，比一般孩子走路晚一些。

我抵達波城的家以後，第一次出門就是去醫院。儘管之前爸爸們做足了準備，可是醫生的診斷及漫長的治療方案還是讓他們倒吸一口氣。我屬於嚴重先天雙足內翻，必須儘快做手術糾正，而且還要做多次手術，否則我將不能穿鞋，無法走路，今後的生活會受到嚴重影響。抵達波城兩週以後爸爸們就帶我去醫院做了第一次手術，回家時雙腳打著石膏。

「你整晚地哭，我們心痛極了！」爸爸傑恩說。「可是你是一個小堅強，腳上的傷口癒合得非常快，一週左右就長好了，真是神奇極了！」

爸爸們總是揀最好的告訴我，後來我知道與手術相比最麻煩的是康復。去掉石膏以後我需要穿定制的整形靴子，一週換一雙，要換六週，並且在術後的前三個月裡，必須保證我每天二十三小時穿著整形靴，留出一小時用於足部伸展和洗澡。在術後接下來的三年裡，也要保證我每天有十二個小時穿著靴子，包括晚上和午睡的時間。

我做了那麼多次手術，我有五個石膏模，十八雙整形靴子，作為紀念都保存下來，放在我的臥室的櫃子上，從小到大擺了一溜，足以辦個展覽了。

三歲時我做了最後一次手術，跟腱重塑。醫生說這次好了能跳芭蕾！於是跳芭蕾成了我們全家的目標。爸爸鮑比說要讓我做所有其它孩子能做的事。可是說說容易，做起來難，這次的康復比嬰孩時難多了。手術後自然又得穿整形靴子，三歲的我自己能走能跑，卻還不懂事，不會保

護自己。我的兩個爸爸既要遵照醫囑讓我多走路，又要防止傷口錯位，真是難為壞了他們。最後他們雇了一個兒童腿足康復專家，全職看護我，可是即便如此他們還是不放心，兩個人各自請了兩週假輪流照顧我。

五歲時我們的目標實現了，我開始上波士頓芭蕾舞劇院的兒童課。「你轉啊轉呀，像個陀螺，一點看不出腿有問題！」爸爸傑恩這樣說時臉上帶著一絲得意。爸爸傑恩和爸爸鮑比將我的身體殘疾修復好了。

第五章

　　四年級之前，我是那個被慣壞了的粉色小公主，我有那種最時髦的帶著閃爍星星的粉色書包，衣服，鞋都是配套名牌，我還有迪士尼公主牌的粉色電腦，市面上出來什麼，我就有什麼。爸爸鮑比抱怨爸爸傑恩把我慣壞了，爸爸傑恩說一個人永遠不會因為被慣而變壞。每年生日是我最期待的日子，因為爸爸們都會給我舉辦一個生日派對，我們全班的同學都會應邀出席。「盛大派對」我的同學這樣談論我的生日派對，在派對上我最喜歡做的事就是收分禮物和做遊戲，我是派對上閃閃發亮的明星。

　　事情也許會這樣一直繼續下去，要不是那聲吆喝，至少事情不會變得那麼快，可是誰能預料呢，生活居然會因為一聲吆喝而改變。

「媽媽呢？媽媽在哪裡？請站到這裡來。」在我四年級生日派對上，爸爸雇來幫我們做活動的生日派對主持人老師清著嗓子大聲說。他要組織我們做遊戲，需要媽媽來陪襯。

開到一半的派對像是突然被踩了剎車，大人們停止品酒聊天，看向我們的老師，等著我媽媽的出現或是不出現；小朋友們一反常態，出奇地一致地停止了打鬧也靜了下來。我愣在那裡，不知如何反應，看著人們東張西望地找我的媽媽，感覺每個人都心知肚明。

老師則不同，他第一次來我家幫我們組織活動，他什麼也不知道。那聲吆喝以後，他在那裡靜靜地等，無辜地，不知情地笑著，等來了艾瑪姨。「在這兒呢，在這兒呢！」她邊說邊從大人堆裡誇張地跑過來，做著滑稽的手勢試圖扭轉局面。

媽媽來了，大家都鬆了一口氣。「OK，現在我們有媽媽了。」老師一邊說一邊把她放到該站的地方。

「嗯，我澄清一下，我是狄娜的姨不是她的媽媽，她媽媽不在這裡，我來代替。」 一句話艾瑪姨就說清了事實又把握住了局面。「她媽媽不在這裡，我來代替。」合情合理的解釋。泛起漣漪的水面恢復了平靜，局面挽回了，大人們回歸聊天話題，孩子們又開始做遊戲，只是我變了，不再是從前的我。「媽媽呢？ 媽媽在哪裡，請站到這裡來。」接下來的時間這句話一直在我耳邊迴蕩，一直到現在。

派對散場後，我躲進自己的房間，再也沒出來。

爸爸傑恩和爸爸鮑比都上樓來找我。「你收到的禮物怎麼不拿上來？」爸爸傑恩摸著我的頭問。

「我媽媽在哪兒？」我直視著他們，問得理直氣壯，好像是他們把我媽媽弄沒了。

「不是告訴過你嗎，她在中國。」爸爸傑恩和爸爸鮑比對著看了看說。

「她不要我了，對不對？」我的眼淚奪眶而出。

爸爸傑恩看不得我的眼淚，過來抱住我：「狄娜甜心，別哭，不是不要你，沒有媽媽會不要她們的孩子，她……」沒等他說完，我從他的懷抱裡掙脫出來。

「她就是不要我了，嫌我醜，嫌我的腳不好，是不是？」終於說出來了，敷在傷口上的紗布被當眾揭開，現在開始流血。

那晚我哭著睡著，醒來以後一切如舊，房間裡還是暖暖的粉色，只是我老想哭。

第六章

　　那個愛笑、驕縱、外向的我不見了，取而代之的我沉默而敏感。外表一如既往，誰也不知道我的變化，我還是那個好學生，爸爸們的好女兒，愛看書，喜歡科學，門門功課滿分，參加拼字比賽次次得獎，在學校樂隊裡拉小提琴，上芭蕾課，可是我不再愛紮堆，不愛去同學家過夜（sleep over），我也不再喜歡邀請同學們來家裡做作業。我怕聽同學們談論他們的媽媽。

　　我原來就感覺自己跟別人有點不一樣，可是爸爸們的嬌寵老師的表揚佔據了我所有的生活，我無暇顧及其它，然而四年級生日派對上主持者的那句媽媽呢，媽媽在哪裡的問話就像在大堤上打出一個缺口，心裡的疑問與情感糾結就像決堤的洪水，一發不可收拾。我順著缺口探下去，

突然發覺我跟所有人都不一樣，什麼都不一樣！我開始審視自己，注意到自己的異樣。奇怪，以前怎麼就沒有感覺到？！就像照鏡子，突然發現自己臉上有好多粉刺，越看越刺眼，想盡辦法要把它們去掉，可是事情哪有那麼簡單，不管我做什麼，一樣我也改變不了。

我長得不像家裡的任何人！我們樂隊裡跟我一起拉小提琴的吉迪長得跟她爸爸就像一個模子裡刻出來的；妮娜，我的好朋友，她長得跟她媽媽一模一樣，只是皮膚像她爸爸有點黑，她爸爸是印度人。我跟誰也不像，我不像爸爸傑恩，也不像爸爸鮑比，更不像艾瑪姨。沒有血緣證據，我找不到他們愛我的理由。「你看你的頭髮多麼好看，垂下來像瀑布一樣！」小時候爸爸傑恩在給我梳頭時總是這樣誇讚我的頭髮。可是我不想要這樣的頭髮，我想要像爸爸傑恩或是爸爸鮑比，像誰都行，就是不想像我自己。

我是一個被領養的孩子，這一點爸爸傑恩跟爸爸鮑比從來沒有騙過我，他們說我出生在中國，被爸爸們領養才來到美國，他們說很多人都像我一樣生長在領養的家庭，這再正常不過。是的，一直都很正常，我一直正常地生活

到現在，愛笑，瘋玩，要強，可是事情似乎變了，那種在心裡的變化看不見摸不著，卻瘋狂地佔據了我的心智。

我沒有媽媽！我三歲就想找媽媽，我的同學都有媽媽，我沒有！爸爸傑恩和和爸爸鮑比說不對，我有媽媽，她在中國，可是我不知道中國在哪裡，不明白她為什麼不跟我來美國。《你是我媽媽嗎》是一本小時候讀過的兒童書的名字。書裡的小鳥從樹上的窩裡掉了下來，就開始了尋找媽媽之旅。不管見到誰，雞、狗、牛、羊、豬，牠都問牠們是不是牠的媽媽，牠們都說不是。找了一圈轉回到鳥窩前，看到了正在焦急鳴叫的媽媽，牠高興極了，跑著投入了牠媽媽的懷抱。當時我剛懂事，每晚講故事我都要爸爸們給我講這個故事，一遍又一遍不厭其煩。我想像著自己像小鳥一樣，哪一天也找到媽媽，投入她的懷抱。現在的我還想找到我的媽媽，不過目的變了，我不再幻想投入她的懷抱，我只想問她為什麼把我給了爸爸傑恩跟爸爸鮑比，是不是她不喜歡我？我下意識地看著我的兩隻腳，感覺自己非常醜。

除了沒有媽媽，我還有兩個爸爸！有一次吉迪問我：
「你怎麼有兩個爸爸？」我知道她沒有惡意，可是還是不
願意聽她這樣問。「因為我就是有兩個！」 我一點也不客
氣地把她頂了回去，可是在心裡我也有同樣的疑問。我不
願意有兩個爸爸！別人都有一個爸爸，我為什麼有兩個？
我不敢問，更怕別人問。

在學校裡，我感覺所有人都在對我指指點點。

第七章

14 歲那年好像過山車。

我跟爸爸鮑比的關係惡化，我的成績一落千丈，我第一次在學校裡打架，我成了「環派」的一員，我確定我是同性戀，並知道自己性冷淡。

我跟爸爸鮑比關係越來越惡化，他不再送我去學琴，不再送我去上芭蕾課，而這一切都是我的預謀。

爸爸鮑比是個計算機工程師，生活自律做事嚴謹，家裡平時都是爸爸鮑比說了算。他每週做個時間表，我們嚴格按照他的時間表行事。我說的我們是指爸爸鮑比跟我，爸爸傑恩除外，作為一名訴訟律師，他常常要應對一些突發事件，沒有定點時間。

爸爸鮑比跟我是絕好的搭檔，他發出指令，我負責執行並監督爸爸傑恩，我們倆的高效運作常常讓爸爸傑恩跟不上趟。「爸爸傑恩時間」是我們之間的暗語調侃爸爸傑恩。每次爸爸傑恩好意提醒我們不要忘了狄娜的芭蕾匯演，或是小提琴彙報演出，只要我跟爸爸鮑比對看一眼說一聲：「爸爸傑恩時間」，然後開始大笑，他就知道他又弄錯了，演出早就結束了，他又沒跟上趟。

別說爸爸傑恩了，誰也跟不上我們的節奏。我跟爸爸鮑比的時間表安排得精確無比，每天我下午兩點半下課，爸爸鮑比的車總是準時在校門口等我，一分不差。從教室到校門口要走一百二十五步，下課之前我就收拾好書包，下課鈴一響，老師一宣佈下課我就衝出教室直奔爸爸鮑比的車。只要我一進車，關上車門，爸爸鮑比就會踩動油門，把我送去參加接下來的課外活動。爸爸鮑比隨身帶著他的電腦，等我的時候他繼續工作。我們兩個配合得天衣無縫，什麼也不耽誤。

可是我後來不想學琴了，也不想再繼續上芭蕾課，我告訴爸爸鮑比我的決定，他完全不能接受。

「你拉得那麼好，已經考到 ABRSM6 級，為什麼不想學了？」

我低著頭不出聲，他目不轉睛地盯著我。

「不為什麼，就是不想學了。」我嘟囔著說。

「OK，那我們就只上芭蕾課。」他不喜歡我的決定，可是不願加劇衝突。

「芭蕾課也不想上了。」

「你說什麼？！」他吃驚地瞪大眼睛。「簡直是瘋了！為什麼？你至少要告訴我什麼原因吧？」他叫道。

「沒有原因，就是不想學了。」我抬起頭避開他的眼睛看向窗外，心裡有點難過。我的校外活動都是爸爸鮑比接送，我的每次小提琴彙報演出，芭蕾彙報演出他都來，從來沒有缺席過，西裝革履正襟危坐地坐在觀眾席前排使勁鼓掌。爸爸鮑比是我的首席粉絲，爸爸傑恩是缺席粉絲，

「缺席粉絲」的名字是我跟爸爸鮑比一起起的。可是我顧不了那麼多了，我怕別人看我的眼光，就是不想學了。

「既然你沒有正當理由，咱們繼續上校外課！等你找到正當理由之後，告訴我！」他瞪著我，說得斬釘截鐵。見我不說話，他又加了一句：「任何事情只要開始了就不能半途而廢。我明天準時按點去學校接你。」說完他走了，沒有回頭。

我看著他離去的背影，心裡感覺空空地沒有著落。

那天下著特別大的雨，爸爸鮑比準點開車到學校來接我去上小提琴課，我跟同學聊天出來就晚了十分鐘，四十五分鐘的課我們遲到半個小時，課堂上我完全拉不了上週規定的功課。爸爸鮑比黑著臉坐在一邊。

回家的路上我們一路無語，一到家，他就指著沙發說：「你坐下，我們需要談談。」

「談什麼？」我沒坐下，直瞪著他問。

「談什麼，你說談什麼？」他反問，怒氣衝天，「你今天為什麼出來晚了？」

「我跟同學聊天。」

「你跟同學聊天？」他義憤填膺，說：「我們花錢給你請老師教你學琴，跳舞，我天天趕著時間接你送你，你認為你跟同學聊天就可以作為你遲到的理由嗎？你就是這樣回報你的家人的嗎？」

他的最後一句話像一把利劍穿透了我。家人？我有家人嗎？你們兩個根本就不是我的親生爸爸，你們管我幹什麼？我的父母在中國，他們不要我，因為我是一個壞孩子，你們為什麼要收養我！我心裡這樣想，可是話到嘴邊變成了：「我告訴過你，我不想學琴，不想跳芭蕾了，是你一定要我繼續學的。」

我看到爸爸鮑比的嘴唇變白了，他氣得直發抖：「好，既然你想當個失敗者，請便吧！我永遠再不會送你去學任何東西！」說完這句話，他頭也不回地向書房走去，一進去

砰地一聲關上了門。

　　最好的搭檔也是勢均力敵的對手，我跟爸爸鮑比平時能配合得天衣無縫，自然也能精準地傷及對方要害，我知道他說出的事絕不反悔，這正中下懷，我就是不想學任何東西了。什麼都沒有意思！

＊

　　六月初本來是波士頓最舒服的日子，可是不知為什麼最近熱得出奇，下週五就要開家長會了，我書包裡的家長會通知書已經放了好幾天了都沒給爸爸傑恩。我們家的默契是爸爸鮑比送我去課外活動，爸爸傑恩負責我學校裡的事，我從來不讓他們互換角色，他們也從來不相互替代。我要是再拖，不把家長會通知書給爸爸傑恩，他可能就真的沒法安排時間參加了，而老師說了，這個家長會家長們必須出席。我知道我要是再拖下去，事情會變得很糟糕，我很不情願地把通知放在爸爸傑恩的辦公桌上。我不想讓他去參加這學期的家長會，可是更不希望爸爸鮑比代替他。

開完家長會，爸爸傑恩回到家裡時臉比那天我跟爸爸鮑比吵架時爸爸鮑比的臉還要黑，他走到我跟前，關掉電視，聲音平靜但很嚴肅地說：「狄娜，我們需要談談」說著他遞給我這學期的成績單。

爸爸傑恩很少發火，可是我跟爸爸鮑比都怕他，家裡真正的主心骨是他。

我接過成績單，低著頭坐在沙發上。

「你看看你的成績，全是 C ！」

我不用看，我比誰都清楚。

「怎麼回事？ 你以前一直是全 A ！」我低著頭不說話，爸爸傑恩又開口了：「你的歷史老師凱茨女士說你缺了七次課，五次作業沒交。為什麼？」

我低著頭還是不說話。

「你總得給我個解釋吧？」爸爸傑恩壓著聲音說。

「我不喜歡上那些課 。」

「你不喜歡上那些課？這就是你的解釋嗎？你覺得這是個合理的解釋嗎？」他沒有提高聲音，但是開始來回踱步，他一生氣就開始踱步。

「你認為我作為律師，我能說今天我不高興就不去辯護了嗎？鮑比可以說他不喜歡一個課題就不去上班了嗎？」他走了幾個來回，停在我面前問。

我咬著嘴唇，一言不發。

他看了我一會，在我面前蹲下來，「狄娜甜心，」他看著我說：「你現在是中學生，學的都是必須知道的基礎知識，不管你喜歡與否都必須去上課。」他停下來，注視了我幾秒鐘又補充道：「你知道我說的是什麼意思嗎？你是一名學生，去上課是你的最基本的職責。」

我本來不想説話，可是不知怎麼就點了點頭。

「那麼那五次作業你為什麼沒交？」

「我交了，可是老師説不算。」我辯駁道。

「不算？為什麼？」

「老師説我沒有按要求去做。這五個作業都是團隊課題，必須找一個小組一起做，我沒參加那些作業小組，自己獨立完成的。」

「你為什麼不參加一個小組呢？」

「他們都是傻瓜，做起事來很爛！」 我撒謊道，真正的原因是我不想聽他們聊傑森。全學校都在傳傑森是個同性戀。

「甜心，我知道你很棒，可是老師叫你們做集體課題就是要培養團隊精神，你沒有參加團隊當然沒有分數了。

下次，下次一定要照著老師説的做，聽見沒有？」 爸爸傑
恩看著我的眼睛問。

我不説話看著他。

爸爸傑恩沒有使勁追究，摸摸我的頭説：「我知道你
聽明白。好了現在趕快上床睡覺吧。」

*

爸爸傑恩以為他用一場訓誡就像以往一樣把問題解決
了，兩天以後他發現問題沒有解決。

學校的電話打到了他的律師事務所，讓他來學校領女
兒，他女兒狄娜跟同學打起來了。

是的，我揪住左伊的衣服把她推到牆上，趁她還沒緩
過神來我又揪住她的頭髮往牆上使勁一撞：「永遠，永遠
不要再議論我們家的事！」我摁著她的頭，惡狠狠地威脅
説。

爸爸傑恩的訓誡不是一點用沒有，他是律師，他的話有一定的分量。我回到了不同的作業小組，只是實在受不了他們議論傑森時一口一個同性戀，一口一個怪物地叫，更不喜歡他們一臉輕蔑的神情。

「你們這樣說不太好吧？」那天我終於忍不住抗議了一句。

大家的目光都轉向我。

「嗯，我是說我們該做作業了。」我不喜歡大家看我的神態，趕快改口。

左伊站出來：「No，No，先別提作業，你剛才說什麼不太好？」她邊說邊朝我走來。

我們都怕左伊，她高個子白皮膚，外表漂亮迷人個性卻刁鑽霸道，她是我們年級最得勢的女孩們的頭，她們那群女生每天穿什麼顏色的衣服都要聽她的。看著她高大的身材，一臉的壞笑我低下頭不出聲。我不想得罪她。

「你不說話是吧？」她快欺到我身上了，居高臨下地看著我說。我後退了一點，她又逼近了一步。

「你不說我們也知道，你是不願意聽同性戀這個詞吧？」她話一出口，我就感覺到血液一下衝上了臉頰。

「為什麼？啊？為什麼？」她指著我說：「看，她的臉都紅了！」

旁邊響起一陣哄笑。

我的臉熱辣辣地像是在發燒，心怦怦地跳，我咬著嘴唇，盯著地面不出聲。

見我不說話，她得寸進尺：「你怕聽人說同性戀，是不是因為你的爸爸們就是同性戀呀？」她故意拖長爸爸們的發音。

這下好，我像被點燃了一般，不知道哪裡來的膽量，「離我遠點！」我一邊說一邊用力把她一推。

左伊一個趔趄跌坐在牆角，一臉的驚詫。我也愣住了，不知如何是好，完全沒有想到自己居然有力氣把左伊推倒，她比我高半個頭。可是還沒等我想明白究竟發生了什麼，左伊就已跳起向我衝過來，我們扭打在一起。我從來沒打過架，感覺左伊力氣特別大，我竭盡全力招架，還是處處占下風，身上腿上都被她打得很痛。後來不知怎麼我揪住了佐伊的頭髮，趁機我使出全身的力氣把她的頭往牆上一撞。砰地一聲悶響，她的頭重重地撞在牆上，她有點懵，愣住了。我喘著氣，借機也學著她的樣欺到她面前，盯著她的眼睛一字一句地說：「我的爸爸們是不是同性戀關你屁事！永遠，永遠不要再提及我跟我家的任何事！」狗急了也會跳牆，我不知自己哪來的勇氣，也許當時的亢奮使我喪失了理智，後來想起來都覺得腿發軟。

　　爸爸傑恩把我從校長禁閉室領出來的時候已經是晚上七點鐘了，我準備再挨一頓訓，並且打定主意什麼也不說。我跟著爸爸傑恩穿過走廊，來到門廊大廳亮處，他突然停下轉過身等我跟上。我磨蹭著跟上來準備著挨訓，可是事情完全出乎我的意料，爸爸傑恩在我面前蹲了下來，伸過手來把我的衣服拉正，又整理了一下我凌亂的頭髮，說：「看你，像什麼樣子！」

我低頭不語，等著他的訓話，他卻刮了一下我的鼻子，笑了笑，然後他指著自己脖子的右側問我：「痛嗎？」我的眼淚突然充滿眼眶，我使勁忍著不讓眼淚落下來，手下意識地去摸脖子上的傷口。傷處火辣辣地痛，左伊的指甲很長。

　　跟左伊打架的後果之一是我又不參加集體作業小組了，不過這次不是我不參加，是他們把我踢了出來。

　　那天我去作業小組，剛一進門就有人站起來告訴我說他們已經滿員了，以後不要來了。我明白我被踢出來了，我又去了其它幾個小組，得到的都是同樣的答案。我心裡很氣憤，知道是佐伊使的壞，但是也想不出什麼應對的辦法。那天晚上我又做了那個噩夢：我不知道自己身在何處，只聽周邊人聲嘈雜卻看不到一個人。屋頂上方的絲線像是蜘蛛網一樣開始打結，越積越多，一團又一團越來越密，我害怕極了，哭起來。屋中還是人聲鼎沸，可是沒有人注意到我，我遠遠地看到爸爸傑恩的背影，想叫他，可是喊不出聲。屋頂上的絲線還仕繼續纏繞扣結，越來越多，很多地方結成一個又一個的死結，越來越大越來越密向我壓來。我被嚇醒了，渾身是汗，心怦怦直跳。

第二天一早，我就決定去找克莉絲蒂娜，自從我跟左伊打架以後她跟她那一夥人一直在對我示好。

＊

　　克莉絲蒂娜是環派的頭。跟環派裡其它人一樣，她一年四季，從頭到腳一身黑，黑衣黑褲黑鞋，黑頭髮，臉上很多部位還掛著金屬環。

　　站在她面前我有點不知所措，她染成純黑色的長髮襯托著她慘白的皮膚使她的五官像商店裡的塑膠模特冷傲而不真實，以前我從來也沒有近距離地接觸過她，看著她描黑的眼眶後面玻璃球似的的藍眼睛我有點走神。

　　「嗨！我－」 我試圖打招呼，但是那道上下打量我的藍光讓我把想好的話咽回肚裡。

　　「祝賀你！」一絲笑意扯動了她嘴上的唇環。

　　「啊？祝賀什麼？」我不解地看著她，吃驚的發覺她

的鼻環，眉環和唇環竟然不是金屬色，而是黑色塑膠的。

「祝賀你成功挑戰左伊！」

「我一」 我的臉有些發燙，那天其實只有在我揪住左伊的頭髮時才占了點上風，被左伊抓破的地方到現在還很痛。

「我知道你也被她揍得夠嗆，」她看穿了我的想法：「不過到現在為止你是第一個敢跟左伊對著幹的人。」

我感覺臉頰越發燙了，我知道我的臉肯定紅了。

「第二個祝賀，」她接著說。我沒想到還有第二個祝賀，更為不解地看著她。

「歡迎加入環派！」她向我伸出手來。

「真的？」我不敢相信自己的耳朵，我來找她之前曾經打聽過，參加環派，要有三個月的考驗期。我抬起手想

去跟她握手，但是猶豫地停在了半路，不能確定就這樣我就變成環女郎的一員了。

她沒說話，微笑著點了點頭，大概看我還是一臉的茫然，她添了一句：「左伊幫了你忙。」說話時她戲謔地眨了一下左眼。聽她這樣說，我趕快湊上一步握住她的手，可是她只讓我輕輕地握了一下馬上就抽出手轉身走了。

看著她離去的身影，我感到像是在做夢，只記得她冰涼的手指。

環派在學校裡的名聲不好不壞。她們不搗亂也不欺負人，可是如果有人欺負她們中的任何人她們會一擁而上，所以別人也不敢輕易惹她們。

我入夥的標誌是開始穿黑衣服，爸爸鮑比很不喜歡我的變化，可是他管不了我；爸爸傑恩也不喜歡，但他只用沉默抗議並不干涉我；艾瑪姨則一如既往地說我漂亮。

我全身心地投入了這一轉換，清一色的黑衣褲讓我獲

得一種整體感，支離破碎的缺憾似乎離我而去，跟環女郎在一起，我不再感覺孤獨與怪異，我有了歸屬。她們沒有人在乎我有沒有媽，更不在乎我有幾個爸，她們只在乎忠誠，要的是一致對外，抱團取暖。

啊！黑色，多麼豐富而神秘的顏色！它包容，所有不願示人的事情都可以隱藏其後，傷口蓋上真就不痛了；它神秘，深不可測，看不透的東西誰也不敢輕舉妄動。我喜歡上了黑色，我太需要一身黑裝帶給我的那種感覺了，小提琴，芭蕾，功課，拼字比賽……一切都變得不再重要，我以最快的速度淘汰了我原來的裝束，拋棄了全部過往的我，全身心地融入了環女郎的行列。

環女郎除了穿黑衣，另外一個重要標誌就是每個人都帶一個面環。我對面環一無所知，可我毫不猶豫地選擇了鼻環。選鼻環不是因為我喜歡，而是因為以前最怕看別人帶鼻環，鼻翼上帶個金屬環似乎碰一碰都有一種痛楚的感覺，我現在要的正是這種感覺，那種痛感，那種人為的牽扯之痛使我無暇再顧及內心，不再無端地感覺傷心。有時我們做出某種選擇恰恰是因為不喜歡。

*

　　我以為失去貞操是一件很大的事，可是真的發生了好像沒有什麼特別的感覺，留在記憶裡的是克莉絲蒂娜冰涼的手指和下面的那一陣刺痛。

　　那天是在鱈魚角，克莉絲蒂娜外祖父母家的海濱別墅。八月下旬的一個下午，海浪衝著潔白的沙灘，在屋裡隔著落地窗都能聽到嘩嘩的聲音，我站在窗前，透著百葉窗看著窗外滾滾的熱浪，心裡奇怪為什麼天上沒有一絲雲。正想著，我聽到一陣衣裙的悉索聲，不用回頭，我知道是克莉絲蒂娜，她總是用同一種香水。我沒動，繼續研究天上的雲。她在我後面待了一會，開始擺弄我的頭髮，過了一會，我感到她的嘴唇在我的後頸上下移動。那是一塊從未有人碰過的處女地，我渾身一緊，她感覺到我的緊張，柔聲說別怕，狄娜別怕。我不害怕，我有備而來，我對自己的好奇可能比她對我的感情還要強烈。我在她發燙的嘴唇的熱吻下放鬆下來，突然，她把我的肩膀一搬，我轉了一百八十度面對著她，我看到她一絲不掛。

後來的記憶都跟她冰涼的手指有關，它們從上到下就跟小蟲子似的爬遍了我的全身，我本能地迎合著，在克莉絲蒂娜的引導下完成了我的成人禮。我想我是同性戀！

完事以後我氣喘噓噓地躺在地毯上，聽到沙發另一端有人尖叫，抬頭看到幾具起伏的胴體發出歡悅又痛苦的聲音，我想我以後也會像他們那樣吧？

我沒有。我的身體有需求，後來我又去過多次，我不覺得歡悅也不覺得痛苦，就像有的人吃飯只是為了生存，既沒有食欲，也談不上胃口。克莉絲蒂娜告訴我，我屬於性冷淡。

第八章

　　跟本合租的日子雖然不無挑戰，但是現在回想起來應該是甜蜜而平淡的，我們甚至討論過結婚，還想要三個寶寶。

　　那天我陪他去動物園寫生，走過停車場上一大片空地，我往前跑了幾步，做了一個芭蕾動作，一個起跳兩隻腳尖前後在空中置換三次。本大為佩服，也學著跳了起來，可是無論他怎麼跳，腳尖只能前後倒騰一次就掉下來了。我剛要往前跑，想再做一次這個動作，他卻把我拉到身邊，深情地看著我，我以為他要吻我把嘴湊上來，結果他說：我們要三個女兒，都跟你一樣跳芭蕾，拉小提琴。我覺得上了他的當，氣得直捶他。

跟本搬到一起，我很快就在麥當勞找到工作，我在那裡上早班，後來為了增加收入，我又找了一個在餐館當服務生的工作，上晚班，這樣我白天大部分時間可以跟本在一起。

　　本一直在用藥，儘管他儘量瞞著我，但我知道。我從戒毒所裡出來還沒用過。情緒低落，如潮起潮落時有發生，我的眼睛常常看向那個抽屜，那裡有我的救贖，我知道只要我把手伸向它，瞬間我就能進入那美妙斑斕的世界，一切煩惱將離我而去。可是我沒有，我忍著欲望拒絕誘惑為的是一個心願， 個我處心積慮必須完成的心願一我要幫本戒毒，為了完成這個心願我必須保持清醒。

　　啊，色彩豔麗的蘑菇卻有毒，罌粟如此嬌豔美麗卻是那來自地獄的誘惑，儘管我們都知道面對誘惑稍一不慎就會被吞噬，可是饑腸轆轆寒夜獨行的人怎能不被那奇光異彩而吸引。我在門口徘徊沒有被吞噬，因為我有本，我要幫他戒毒。

　　本好我才好，只要他能戒毒，我永遠也不會再碰毒品，

但是他要是戒不了，我戒了也沒用，這我知道。然而我心裡也很清楚，儘管我已經下定決心，戒毒是件很困難的事，稍一鬆懈，就會全軍覆沒。我告訴自己我必須堅持，為了本，為了我自己，也為爸爸傑恩跟爸爸鮑比和艾瑪姨，我知道他們關心我。

可那是一種什麼樣的煎熬，就像要一個餓漢面對一桌噴香四溢的山珍海味，靈魂每時每刻都在面對肉體的背叛！我轉向跑步跟酒精。跑步那強力運動能夠幫助我轉移思緒重新調節體內多巴胺的分泌；實在消沉時我求助於酒精，幾杯酒下肚我會有暫短的輕鬆與快樂，雖然第二天早晨總是會頭疼欲裂，但是好過毒癮。我能忍，絕不復吸，因為我要幫本戒毒。

人們都說心裡有愛才能堅持，我覺得心裡有怕也能讓人變得堅強。我愛本，崇拜他的繪畫天才，希望幫他成就一番事業，想跟他結婚生子組建家庭。為了這份愛我什麼都願做，什麼都能忍，但是我心裡更多的是怕，我怕失去他，怕得不得了，怕得連想都不敢想！對於一個每天都生活在恐懼中的人，愛就成了夢想，是奢飾品。我可以不要愛，只要能跟本在一起，只要本能留在我身邊，即便所有

夢想都無法實現，我也能接受。

　　我與本我們本來就是一個整體的一部分，不可或缺，只有在一起我們才完整，沒有他我不能獨善其身。自從有了本，我方才找回自己的靈魂，我與本的結合是靈魂與肉體的契合，靈肉歸一以後我才明白為什麼我曾經那麼痛苦，原來那是身首異處的撕裂。那時的我是被風吹落的樹葉，在寒風中翻滾，不知自己會零落何方。我也常想到克莉絲蒂娜，那是一種溫暖的思緒，充滿感激與信任，沒有撕心裂肺，地動山搖的衝撞。在我的靈魂漂泊之際克莉絲蒂娜給了它一個暫時的歇息之地，沒有她我早已不知飄落何方，可是本才是我永久的歸宿，跟本在一起，我的心才有了著落，那個被親生父母丟棄的殘缺兒有了存在的意義。我不能沒有本，我怕失去他，我在跟魔鬼作戰，我必須贏。

　　說服本照我的方法戒毒我有信心，本是個甜心，不像我倔得像頭驢，像極了爸爸傑恩。最早我希望本跟我一起去戒毒所戒毒，但是他的收入無法支付戒毒所的費用。雖然我也沒錢，可是我的兩個爸爸，只要我需要，他們什麼都願意替我做。本不一樣，沒有人能幫他。本的父親在他很小的時候就離開了他跟他媽媽，從那以後他媽媽又嫁過

兩個男人，但是他們都朝三暮四，從不管他們母子倆。最後那位是個酒鬼，酒瘋發作時會對本跟他媽媽實施家暴。有一次我小心翼翼地提及他可以向爸爸傑恩借錢，等以後有錢了再還給他，本對這個提議的反應是一口拒絕。從那以後我就產生了自己幫他戒毒的想法，在綠穀時我就開始準備。

自然戒斷法肯定不行，這種方法戒斷反應過於強烈，不僅對戒毒者是一個巨大挑戰，很多時候身邊的親人也看著不忍，我知道我是看不了本痛不欲生的樣子的。美沙酮替代遞減法更適合，只能用這個方法。

問題是到哪裡去搞美沙酮。我看著已經分好劑量的美沙酮，仔細對照自己在綠穀做的筆記，我在綠穀存下來的根本不夠。

美沙酮是一種合成的麻醉止痛藥，在戒毒所戒毒者每天在監督下口服一定劑量的美沙酮來取代毒品，然後有規律地逐漸減量，整個療程需要三個月，停藥時戒毒者的大腦跟肌體如果能夠適應沒有毒品刺激的情況正常運轉，就

達到了戒毒的目的。只是這是理想狀態，在戒毒所全面監控的情況下，吸毒者除了每天服下的美沙酮，不可能搞到其它毒品，而本是在自己家裡，他行動自由，經濟獨立，如果毒癮發作，生不如死扛不住時他知道到哪裡能夠搞到毒品，此外家裡也沒有戒毒所所配備的醫護人員和醫療設備可以用來隨時應對戒毒者的過激戒斷反應。本一米八的個子，在家他要有過激反應我根本幫不了他，更是阻擋不了他做任何事情。我對幫助本戒毒的信心時漲時落。

　　那天是週末，我不上班，正歪在沙發上看手機，本在電腦前作畫。突然，我注意到他的手開始顫抖，他的身體在座椅上煩躁地扭動，過了一會汗珠從他的額頭上滴下來。我知道他的毒癮發作，我從沙發上跳起快速走到他身邊。看到我過來，他猛的站了起來把我使勁一推推回沙發上，「離我遠點！」他不願讓我看到他的樣子，推開我，然後衝進廁所。

　　可是我看到了，在我與他驚鴻一瞥對視的那一瞬間我看到了他的眼睛，恍惚，遊移不定，他已經進入另一個空間。按照以往，我會伴他而行，在事情發生之前就走過程序，然後牽著手進入那光怪陸離的世界，可是這次我不能。

我使勁敲廁所的門，在房間裡瘋了一樣轉圈，可是我什麼
也做不了，我哭了，來到電腦前對著他剛才畫的卡通草圖
我淚流滿面，我害怕極了！我怕他離開我，我不能沒有本，
可是剛才他的眼睛裡沒有我⋯⋯我知道我必須幫他，但是
我沒有足夠的美沙酮。

第九章

妮娜，想起這個名字，一個身材嬌小長相甜美的形象浮現在我的眼前。妮娜現在在幹嘛呢？是不是上了醫學院？我想起了妮娜，心想也許她能幫我搞到美沙酮。

妮娜是我幼時的好朋友，她與克莉絲蒂娜完全是兩個類型，妮娜是個乖乖牌，老師的最愛，父母的驕傲，功課不好的同學在她眼裡都是下三濫，最終都會是失敗者。那時我還是學霸，我們同出同進，在學校裡一起吃飯，一起做作業，我們無話不談，好得跟一個人似的。

第一次跟人談起我的爸爸們就是跟她，那也是唯一一次我與別人談及我的爸爸們。

「妮娜，我好羨慕你！」我看著她嬌小而自信的背

影說。

「是嗎？羨慕什麼？」

「你爸爸跟媽媽，他們多好！」

「你的爸爸們也很好呀！而且他們對你特別好！」

「嗯，是，他們確實很好，不過我不是這個意思。」

「那你是什麼意思呢？」

「我沒有媽媽！」

「我以為你有媽媽，她在中國。」

「對，我有媽媽，她在中國。對不起，不是關於我媽媽。」我覺得難以啟齒。

「那是關於什麼？」

「關於我的爸爸們。」

妮娜看著我等我說完。

「為什麼我有兩個爸爸？」終於說出來了，這個壓在我心裡的問題。

「是啊！」妮娜同意道：「我知道你說的是什麼意思，是挺奇怪的！」

妮娜看了我一眼，見我沒有生氣，接著說：「那天我看一本書說男人找男人跟女人找女人的都叫同性戀。」

「是的，我也知道。只是我不知道為什麼我的爸爸們不找女的呢，難道他們不喜歡女人嗎？」

「也許他們沒有碰到又好又漂亮的女士。」妮娜說。

「嗯－」我長長地呼出一口氣，對妮娜的話我將信將疑，可是聽了還是讓我心裡好過一點。我的家庭怎麼跟別

人這麼不一樣呢？！那我是什麼樣的人呢？我會不會也跟爸爸們一樣呢？我沒敢問，連想都不敢想。

那天晚上回到家，我對爸爸鮑比跟爸爸傑恩都不理不睬，好像他們做了什麼對不起我的事。

跟妮娜談起我爸爸是五年級時的事，不知為什麼一直留在了我的腦海裡。

想到妮娜，我卻決定去找克莉絲蒂娜，妮娜不會理我的，上高中以後，我們漸行漸遠，畢業時我已經成了她最看不上的那種人。

第十章

那天在街角見到克莉絲蒂娜時天已經快黑了。我下班，正急急地往家走，冷不丁她從小巷裡冒出來擋在我面前。

「你找我？」她問，樣子沒變，頭髮削去一半，剩下的一半像掛麵一樣垂在右臉旁。

「嗨，克莉絲蒂娜！」我停住腳步，有點意外。我昨天給她發了一個短訊，她沒回，我一點也沒想到她會來找我。

「你好嗎？好長時間沒見！」我討好地搭訕。畢業一年多了，我們還是第一次見面。

「直說吧，什麼事？」她口氣一如既往。

「嗯，我需要一些美沙酮。」我了解她，不再繞彎子。

「我又不生產美沙酮，你來找我幹嘛？」她説完轉身就走。

我急了，上前拉住她：「克莉絲蒂娜，真的，我需要美沙酮，我知道你能搞到。」

她回過頭來，我看到她的眼睛由藍變綠，眼神變換不定，我一下就讀懂了，毫不費力－譏諷、同情、輕蔑……也許都有，畢竟我們一起走過「鋼絲」，我知道她在想什麼。在我走投無路時我投奔了她，她毫不猶豫地收我「上山」，儘管一路坎坷，我們相互照應走了過來。現在我來管她要美沙酮，這跟告訴她走鋼絲太危險，我不想玩了，我要離她而去有什麼區別？不不，還不像告訴她我要離去這麼簡單，單純要離去，她也不會説什麼，我們都是獨立的個體，來去自由，何況她也從來沒有強求過我。可是我只是來告訴她我要離去嗎？不，我告訴她我要離開，還想讓她幫我張羅路上的盤纏。我感覺自己無比地醜陋。

聽了我的話，她站著不動，一句話也不説。無聲的沉

默像是一座山壓倒了我，我感到無地自容，恨不得有個地縫可以鑽進去。我遲遲沒來找她，就是因為知道我這樣做會使我顯得很卑鄙。

可是我來了，不只是來了，我管她要美沙酮，那個可以減緩痛苦安全出山的靈丹妙藥，那個無數癮君子求之不得的救命仙丹！原來我覺得很難出口的要求，沒費太多力氣就說出來了。她拒絕了我，我求她，她沉默，我焦慮地等著她的回答，卻聽到自己說：「我要美沙酮，不是為我。」

話一出口，我立刻後悔不已，恨不得給自己一記耳光，好像「不是為我」就能把悲劇變成喜劇，好像一個在污泥裡掙扎而無法自救的人卻想要借助他人的力量讓自己成為解救別人的英雄。我的臉一下紅到耳根。

克莉絲蒂娜轉過身來，看著我的眼神更加複雜，過了一會她收起審視的眼光說：「這會需要一筆不小的費用。」

我趕緊點頭。為了本，多少錢我都出。

我張口想解釋一下，可是她已經走了。

第十一章

　　很多年以後我才明白親情不是源於血緣，而是源於愛，那種深植於心，印在亙古遺傳編碼上的最本真的情感。愛不僅能夠拯救他人，也是我們自己的救贖。

　　可惜我當時不懂，我執念於自己的身世，覺得全世界都辜負了我；我理所當然地索取，從未想到珍惜自己所得到的一切；我一味地作賤，我行我素，好像把自己弄得一錢不值，才能證明自己活該被拋棄，好像看到爸爸們的焦慮與惋惜我才能感到一絲自己的價值。認識本之前，我沒想過未來，也不顧及他人，更是從未考慮過別人的感受，我認定這個世界沒有我，每個人都會過得很好。

　　遇到本，我變了，心裡開始有愛；本說認識了我，他也變了，對我的愛成了他的精神支柱。事情是多麼的奇妙，我們第一次相對就認出彼此，那前世的姻緣，萬里尋

他千百度的另一半，終於找到了，仿佛破鏡重圓，兩顆心在一起不完美，可是有了歸宿，再也分不開。本需要我，從小他就缺少愛也沒有一個完整的家，一旦牽手，他一分鐘也不願放開；我更需要本，遇到本我不再覺得自己是那個誰也不要的棄兒，儘管我的爸爸們對我一直關愛有加，可是在當時我封閉的心裡，認為一切都理所當然，對他們的關愛毫不理會。自從有了本，事情變得不一樣了，我的心開始有了感覺，跟本牽手讓我第一次感到了自己的存在有了價值，我的身份危機也不治而癒，本使我明白我是一個不折不扣的女人，他喚醒了我的身體，點亮了我的心燈，我不再迷失。陰暗的生活照進一縷陽光，我們藉著它，牽著彼此的手躑躅前行，生活開始修復，偶爾還能憧憬未來。可是一霎那，在本的眼睛裡我找不到自己的影子的一霎那，我冷徹心扉，重新跌入那昏暗枯竭的井底，我害怕極了，我知道我必須儘快弄到美沙酮！

　　美沙酮，你是天使還是魔鬼？罌粟美豔無比，是用來誘惑，要把人帶向萬劫不復的深淵；美沙酮，那讓戒毒者趨之若鶩的神經鎮靜劑居然也跟罌粟一樣會讓人上癮！戒毒用的替代療法就是利用美沙酮的成癮性來代替毒品，關鍵是要掌握好劑量，不能讓戒毒者在戒毒的同時又對美沙酮上癮，因為美沙酮戒起來更困難，戒斷反應更強烈。原來魔鬼與天使只有一線之差。我心裡一點數也沒有，感覺

自己拿的是一把雙刃劍，完全無法預料後果。但那是以後的事，現在我管不了那麼多，我首先要弄到美沙酮。

弄到美沙酮談何容易！美沙酮是處方藥，正規渠道肯定走不通，只好通過其它方法搞，這就需要很多錢。我下意識地摸摸自己的錢包，心裡清楚，我沒錢，我剛工作沒多久，掙的錢僅夠與本分攤房租，買食品維持基本生活費用。我想到爸爸鮑比跟爸爸傑恩，爸爸鮑比肯定不行，自從他搬出去以後我從來沒有去找過他，我無法向他開口，我只好跟爸爸傑恩要了，實在不行也許可以問問艾瑪姨……我這樣想著給爸爸傑恩打了個電話，告訴他我晚上帶比薩餅回來，跟他一起吃晚飯。

*

下班以後我去買了比薩，到家已經七點半了。

打開門，說了聲哈囉，沒人應。越過諾大的客廳我望向廚房，看見餐桌上放著一盤生菜沙拉，兩罐可樂，爸爸傑恩陷在桌邊的一張椅子裡睡著了。

我端著比薩餅盒子輕手輕腳地走到餐桌旁，爸爸傑恩

沒有醒，我放下比薩，在他對面的一個椅子上輕輕坐下，等他醒來。

　　燈光下，爸爸傑恩的頭低在胸前，兩手垂在椅邊，頭頂上的頭髮散落下來露出微紅的頭皮。我注意到他鬢角處的金髮格外閃亮，趨前仔細一看原來是幾根白頭髮，我感到喉頭一緊，一陣咽哽。怎麼會？我從來沒有想到過爸爸傑恩會老，在我的意識裡他總是那個意氣風發，挺拔帥氣，能解決一切問題的名律師。

　　我移開視線卻看到爸爸傑恩的手。在檯燈的陰影裡，它們無力地耷拉在椅子兩邊，手臂上爆著青筋，手背上的皮有些鬆弛。我不敢相信這是爸爸的手！小時候我最喜歡爸爸傑恩的手，它們的骨節很大，手指很長，手掌厚厚的，長得光滑好看，枕著還特別舒服。我看著心酸，趕快看向別處，抬起眼睛時卻又看見爸爸傑恩的嘴。它微張著，透過散亂在胸前的頭髮，鬆弛而疲憊。那難道是爸爸的嘴唇嗎？怎麼像是一個不認識的老人的嘴唇？！記憶裡的爸爸是那樣的帥，一表人材，輪廓清晰的臉，堅毅且棱角分明嘴唇……我的眼淚流下來，把目光轉開。屋裡一片寂靜，除了爸爸傑恩的呼吸，沒有一點聲音，我想到爸爸鮑比，心裡第一次感覺有點內疚。爸爸鮑比的搬離跟我有直接關係，可我從來沒有感到有任何的不對，後來發覺爸爸傑恩

去找爸爸鮑比還覺得他們欺騙了我。

正想著，爸爸傑恩動了一下，他醒了，看到對面的我，趕快做正身子：「哦，甜心，你早來了嗎？對不起，我怎麼就睡著了！」他手忙腳亂地整理自己的頭髮。

「沒有，剛到。」我擦乾眼淚。

「你怎麼了，狄娜？」爸爸傑恩一看到我的眼淚，立刻著急了。

「沒什麼，我沒事。」我繼續擦著眼淚，可怎麼也擦不乾。

「狄娜，出了什麼事？快告訴爸爸你怎麼了？別讓我著急。」

「沒什麼，就是，就是……」我不想讓他知道我的想法，但是看他急成那樣只好如實說了：「我看到你在椅子裡睡著了，你，你變得那麼小，還有，還有，這個房子怎麼突然變得那麼大。」

他聽了以後哈哈大笑，說：「傻丫頭！不是我變小了，是你變大了！過來」，他伸開雙臂做出要擁抱我的樣子。

　　我沒動，自從我認定他欺騙了我以後，我就疏遠了他。不過我不哭了，覺得他說得有道理，記起小時候仰著頭聽爸爸們說話的情景，他們兩個都是一米八以上的高個子。

　　他笑了笑，做出無可奈何的樣子放下手臂，拿了一隻盤子夾了一盤生菜沙拉放到我面前，然後他搓搓雙手，打開比薩餅的盒子，拿了一角比薩餅放在盤子裡。我以為也是給我的，可是他並沒有馬上把比薩給我，而是拿了把刀，把厚厚的邊切下來放到自己面前的盤子裡，才把盛著剩餘比薩的盤子推到我面前。

　　我看著他，心想還把我當成孩子！小時候我不肯吃比薩餅的邊，為這事不知道爸爸鮑比跟爸爸傑恩生過多少次氣。爸爸傑恩一味地寵我，我不想吃邊，他就把邊切了，只把有乳酪的部分給我，爸爸鮑比卻認為不能那樣慣著我，會把我慣壞……最後是跟爸爸傑恩在一起吃比薩，我就不吃邊，跟爸爸鮑比一起吃我就吃邊，我們全家在一起時儘量不吃比薩。

我默默地開始吃沙拉，一邊吃一邊有一搭無一搭地回答著他的問話。自從我搬去跟本住，我就沒有再每天跟他通短信，他也是隔幾天問候我一次。

　　吃完生菜沙拉，我把他放到我面前盛著比薩的盤子拉到跟前，然後伸手到他的盤子裡把他裁下來的比薩邊拿了過來。他有點意外，隨後微微地笑了，像是看著家裡的小寶寶第一次學會一個動作一樣眼裡充滿驕傲與贊許。

　　「你今天來有什麼事嗎？」看我吃的差不多了他試探著問。

　　「我一」我有點說不出口。

　　「你需要錢？」 他猜到了，知道我不便開口。

　　我點點頭。

　　「需要多少？」

　　「嗯一」我支吾著不知道該要多少。

「五千元？」他探尋著我的眼睛。

我慢慢地點點頭，不知道克莉絲蒂娜會要我多少錢。

「嗯，這樣吧，我一會轉一萬到你的賬上。」

「謝謝！我會還給你。」

他沒說話，摸了摸我的頭，慈愛地笑了一笑。

我沒動，坐著等著他問我要錢有什麼用。

他卻抬頭看看窗外，說：「有點晚了，趕快回去吧！」

「你不想知道我要錢做什麼用嗎？」我問。

他搖頭說：「爸爸相信你！」

我喉嚨又哽住了，他注意到我的情緒，推了推我故意岔開：「快走吧，天晚了。」

第十二章

那一段時間我像是上了發條，跟爸爸鮑比的衝突越演越烈，我不斷地製造矛盾，恨不得跟全世界宣戰，可並不知道自己到底想幹什麼。

終於，我埋的導火索爆發了，爸爸鮑比跟爸爸傑恩大吵了一頓。

「看看，看看你把她慣成什麼樣子！」爸爸傑恩下班回來剛進屋，爸爸鮑比就指著我對他嚷道。

爸爸傑恩不知道發生了什麼事，順著爸爸鮑比的手望向沙發，沙發上我正四仰八叉地躺在上面。

見我躺在沙發上，他以為我睡著了，壓低了聲音說：

「你小點聲！」他怕把我吵醒。

「小點聲？！你以為她能聽到嗎？她在意聽到嗎？你以為她在意這個家嗎？」爸爸鮑比咆哮道。

我躺在沙發上，他們的聲音灌進我的耳朵，我想叫他們別吵了，都是我不好，可是舌頭不聽使喚。

「她怎麼了？喝醉了嗎？」爸爸傑恩問。

「這還用問，你自己過去看看！我已經告訴你多少次了，可你一直袒護她，不是長大就好了，就是要對她耐心引導，現在好了，你我都不用管了，警察會教訓她！」

「警察？是警察把她送回來的？」一聽警察，爸爸傑恩警覺起來。

「送回來？對呀，送回來醒醒酒，明天要去青少年教育中心報到。」

「發生了什麼事，怎麼會這樣？」

為愛無需道歉

「怎麼會這樣？傑恩，你在問我怎麼會這樣嗎？讓我來告訴你怎麼會這樣！她先是不上小提琴課了，後來不上跳舞課了，然後乾脆學校都想去就去不想去就不去了，你說什麼了？你管了嗎？隨後她又開始在學校打架，交一些爛朋友，現在又開始酗酒！你看看，你自己過去好好看看，看她現在變成什麼樣子！」

　　「我知道，我也不想看到她變成這個樣子，也許青少年叛逆期就是這樣，再長大些就好了。」爸爸傑恩不確定地說。

　　「不要告訴我青少年叛逆期就這樣，多少青少年，哪個像她這樣？我已經受夠了，叫她左她偏要右，叫她上她偏下，整個家被她搞得不像樣，簡直就是一個小巫星。」

　　「別這樣說鮑比，她還是個孩子，我們也有責任。」

　　「你在說什麼？我們也有責任？不，不，不是我們，是你有責任！從小到大你對她說過不嗎？我不讓她幹的事，她就去找你，你便一味順著她；她要的東西我不給她買，

她就去管你要。你偷偷地給她買的東西還少嗎？你以為我不知道？她現在變成這樣，難道不都是你寵她寵的？」

「我是比較偏袒她，可是我不認為寵愛會使人變壞。」爸爸傑恩辯解道。

「OK，那你告訴我，你認為是什麼原因使她變成這個樣子？」

「她現在正是是青少年叛逆期－」

爸爸傑恩還沒說完，爸爸鮑比就打斷了他。「不要跟我講青少年叛逆期，每個人都曾經是青少年，沒見哪個像她這樣！」

「我是說我們的生活方式也許對她有影響。」

「我們的生活方式？我們什麼生活方式？哦，我明白了，你是說我們是同性伴侶？啊，那太糟糕了，她就生在這樣一個家庭裡，我是說很不幸她被這樣一個家庭收養了！」

我聽到爸爸傑恩來回走動的腳步聲，他情緒糟糕的時候就眉頭緊鎖來回踱步。

　　「OK，就算你說得對，既然她那麼不幸，被我們收養了，你有什麼辦法嗎？你能做出改變嗎？還是，還是你希望我改變！」爸爸鮑比怒不可遏，越說越氣，「說到收養，是你去把她領回來的，她的父母為什麼拋棄了她？他們為什麼不要她了？也許，也許他們知道她是一個小巫星，一個破壞一切的小巫星，只是我們不知道罷了！」

　　「住嘴鮑比！」接著是一聲玻璃摔碎的聲音，然後我就什麼也聽不到了。

　　哈哈哈哈哈，哈哈哈哈哈……我心裡大笑，笑得我幾乎窒息，我想動，可是酒精關閉了我的運動神經。終於說出來了，終於說出了這個路人皆知的秘密，我就是一個小巫星，父母都不要的壞孩子。哈哈哈哈哈……

＊

被警察送回來那一晚的事在我的記憶裡模模糊糊，爸爸傑恩跟爸爸鮑比吵架我分明聽得清清楚楚，可是一覺醒來感覺竟像是幻覺，以至於我不知道到底發生了什麼，只覺得家裡靜得有點異樣。

我來到樓下看到爸爸傑恩坐在沙發上發呆。

「爸爸鮑比呢？」我問。

「他搬出去了。」爸爸傑恩低聲答道。

不知為什麼我一點不吃驚。「為什麼？為什麼爸爸鮑比要搬出去？」我明知故問。

「啊，沒什麼，也許這是對咱們每個人來說都是比較好的一個選擇。」他答非所問地說，不知道我聽見了他們吵架。

見我不做聲，他補充道：「狄娜甜心，我想讓你知道，爸爸鮑比搬出去不是因為你，不要為此感到不安，你沒做錯什麼。不管發生什麼，我們都愛你。」

我差點笑出聲，愛我？別開玩笑了，連我的親生父母都不愛我！我心想，可是話到嘴邊變成了：「你可不能替爸爸鮑比說話。」

　　見我這樣說，他抬起眼睛搜尋我的面孔，想確定我是否聽到了他們吵架時說的話。

　　他一定什麼也沒看出來，只見他繼續解釋道：「你說得對，我確實不能替他說話，可是我知道一個千真萬確的事實就是他跟我一樣愛你，只是，只是……」他的眼睛在搜尋一個準確的詞彙，「只是我們每個人表達愛的方式不一樣。」

　　我的心開始冷笑，臉上的肌肉變得僵硬：「你是一個騙子！你們昨天吵架我一字不漏地都聽見了，爸爸鮑比說我是一個沒人要的小巫星！」我嚷道。

　　「你聽到了我們的對話了？！」爸爸傑恩完全沒有料到，臉一下漲紅了，好像一個做錯事的孩子。

「我聽到了，聽到了每一句話，昨晚我是醉了不是死了！爸爸鮑比說我的生身父母不要我就是因為我是一個小巫星，他還說你們現在終於也知道我是一個小巫星了！」我悲憤交加，卻感到一種找到真諦，戳穿謊言的快樂。「現在你居然告訴我他愛我，你是個騙子！你們全是騙子！」我惡聲惡氣，心中積攢已久的痛變成毒箭亂射一氣。

「狄娜甜心，我感到很難過你聽到了那些話，可是你知道那不是真的，只是氣話，鮑比跟我都很愛你。」

「不，不要說你們愛我！爸爸鮑比沒說錯，我就是一個巫星！」我尖叫著跑出了家。

外面下著雨，我跑啊跑，眼前一片模糊，我看不清腳下的路，也不知道要到哪裡去，可是我不想停下來，要不是聽到一聲急剎車的聲音我會一直跑下去。

吱的一聲，一個刺到骨髓的聲音嚇得我停住了腳步。我慢慢地回過頭來，看到爸爸傑恩躺在地上，他的白襯衫上一片血跡。

第十三章

　　等我站在青少午健康教育中心主任面前時，已經比通知我報到的日子晚了三天！爸爸傑恩杵著拐，胳膊上纏著繃帶站在我身邊。

　　不按時報到，沒有哪一個青少年教育中心主任會允許這樣的事發生，如果他們發現那個需要被挽救的青少年是有意為之，或是明知故犯，他們可以認為當事人無可救藥，放棄挽救的努力，直接把當事人轉給青少年法庭。

　　那天主任看我時臉上的表情是嚴肅的，在核實了我的身份以後，他看向爸爸傑恩，表情突然緩和下來。

　　「這就是她晚來報到的原因嗎？」主任的眼睛看向爸爸傑恩綁著繃帶的左腿。

「是的，那天我出了個車禍，是個意外，狄娜送我去了醫院沒法過來報到，十分抱歉。不過狄娜當天就在網上重新做了預約，換到了今天。」

「是的，我看到了。很高興我們今天能在這裡見面！」他做了個手勢讓我們在他面前的椅子上坐下來，正對著他，我看到一副典型的辦公室官僚形象：禿頂、微胖，説話帶著拖腔。

「嗯，我看了警察的報告，」主任抖了抖手上的幾頁紙説：「現在，你能告訴我到底發生了什麼事嗎？」他説著，微笑著看向我。

我不喜歡他變換不定的表情，更不喜歡他見怪不怪的態度，好像一切都在他的預料之中。我是喝酒了，這有什麼，在那個派對上誰沒喝酒？很多人比我還小，只是他們一聽到警察來了就跑了，比老鼠跑得還快！我心裡這樣想著，但是沒這樣説，很老實地把當時我能記起的情景描述了一番。米之前爸爸傑恩非常鄭重地警告過我，因為我是初犯，他們才把我送到青少年康教中心來，我一定要積極

配合，如實陳述，如果讓他們覺得我在撒謊，有了壞的記錄就糟糕了。爸爸傑恩是律師，我信他。

「撒謊」，坐在那位主任對面我心裡一直在反覆掂量這個詞，他說的話基本沒聽見，只記得他的嘴一直在動，爸爸傑恩頻頻點頭，好像爸爸傑恩是那個被挽救的青少年。

當然是我需要被挽救，挽救的方法是我要去上酒精教育課，還要做二十小時的義工。

爸爸傑恩對這個懲罰非常滿意。「太好了！」 他對我說，「如果上了青少年法庭，除了上課，做義工，還要罰款，吊銷駕照，甚至還有可能要蹲幾天監獄，關鍵是一旦留有記錄，以後上大學，找工作都很麻煩。」他用他那只擦傷較輕的手摸摸我的頭，像是我中了獎一樣。

我漠然地聽著，不太明白上大學找工作跟我有什麼關係，心裡還在琢磨著撒謊這兩個字，想弄清爸爸傑恩說爸爸鮑比愛我是不是在撒謊，想著爸爸鮑比搬走了，我跟爸爸傑恩怎麼過。骨子裡我其實更像爸爸鮑比，做事喜歡按部就班，倔強，脾氣暴躁。

第十四章

離開爸爸傑恩回到我們的公寓已經九點多了，本等我等急了，出來迎我。

「吃飯了嗎？」我從他緊摟著我的臂彎中抬起頭來問。

「沒有。」他搖頭。

我點著他的鼻尖抱怨道：「一點不會照顧自己！幸虧我早就給你準備了。」我拉著他的手進了屋，知道他一定會等我。

「你吃了嗎？」本問我。

「吃過了，跟爸爸傑恩一起吃的比薩。」我一邊說，一邊從冰箱裡拿出早已準備好的化凍的漢堡牛肉餅放到鍋裡。

　　「你今天怎樣？餐館忙嗎？」本問我。

　　「不太忙，跟平時一樣。哦，我忘記告訴你了，今天我碰到克莉絲蒂娜了，她說她能搞到美沙酮。」我與本最近一直在商量戒毒一事。

　　「太好了！她真有本事，總是能搞到別人搞不到的東西！」本說著走到桌邊拉開抽屜拿出盛有美沙酮的藥瓶。

　　「我今天數了一下，只有十二片，而且劑量不一樣，從十毫升一片到二十毫升一片的都有。遞減戒斷整個過程需要一到三個月，我們還差很多。」他說話的聲音帶著些許焦慮。

　　我走過去，摟著他的腰：「別擔心，我們一定能搞到足夠的美沙酮。」他轉過身來，捧起我的臉親了一下：「嗯，

我相信，我們一定會搞到美沙酮！」他說話時看著我的眼睛蔚藍如水，敏感又脆弱，我的心動了一下，伸出手去摸他的眼睛。

本從參與者變成了策劃人，最初的單方計劃變成了共同目標，結伴而行，讓我們有了些許底氣，縱使步步荊棘，路遙無期，我們多了些信心。

「你注意到了嗎？我已經把房間準備好了。」本指著他的書房說。

我點頭。本最近一直在把他的書房裡的東西往外屋搬，任何能夠造成肉體傷害的物件都拿了出來，現在除了桌子，就剩一個多餘的床墊跟沙發了。

「我想要是有什麼意外，這樣我們不會傷害到我們自己。」

我不住地點頭，開始感到害怕，我知道本說的意外是什麼。其實沒有意外，戒斷反應是必然，強烈程度完全不

在我們的掌控範圍之內。

　　本注意到我的不安，走過來緊緊地握住我的手。那喪失體面的生理反應，無法忍受的疼痛，全面崩潰的理智，我們怕極了，可是我們必須面對，魔鬼的雙手已經卡住我們的喉嚨，黑暗的牢籠永無盡頭，向死而生是我們唯一的選擇。

　　只是已經交到魔鬼手裡的東西要想拿回來談何容易！我們想要逃離，魔鬼也在收緊它手中的繩索。本現在用的藥量越來越大，看到他在那麼痛苦地掙扎，我也快撐不住了。我們命懸一線地在等待美沙酮。

　　我們的計劃是我先幫他戒毒，等他戒了我也要戒掉酒精。我們手牽著手，相互鼓勵，有了彼此，雖沒出發可是我們心裡已經有了萬物生長的屬地家園，雖還在徹骨寒涼的冬夜我們已經看到了曙光！不論多遠，不論多難，我們握緊彼此的手，向死而生，不敢回頭。

第十五章

　　爸爸傑恩不想讓我跟本在一起，可是我跟本真正相識卻是因為爸爸傑恩。這個世界就是充滿陰差陽錯。

　　那天爸爸傑恩回來很晚，我不停地看錶。自從爸爸鮑比搬出去以後，爸爸傑恩就推掉了許多辯護案，每天準點回家。我沒了鬧彆扭的對手，也消停很多。

　　可是有一天爸爸傑恩沒有準時回來，打電話也沒人接。許多念頭湧進我的腦海，心裡害怕是不是上次爸爸傑恩被車撞傷的腿沒好利索，又摔倒了。他為什麼不接電話？是不是車出了問題……我給艾瑪姨打電話，她也不知道爸爸傑恩在哪裡。我在家裡急得團團轉，第一次意識到因爸爸鮑比的搬離，我們的家已不像個家。以往不是爸爸鮑比就是爸爸傑恩，他們什麼事都能搞定，我從來沒有為家裡任

何事著過急。那一刻我有點後悔，那段時間就像一個妖怪住進了我的心裡，我可著勁地跟爸爸鮑比對著幹，現在真希望爸爸鮑比沒有搬走。

十點了，我聽見爸爸傑恩在外面的停車聲，趕快跑去給他開門。爸爸傑恩終於回來了！

「對不起，手機沒電了，你著急了吧？」他放下公事包，一邊接上電源給手機充電，一邊說路上遇到個事。

原來開車回家的路上他看到一個男孩抱著頭坐在路邊，身上腿上都是血，爸爸傑恩就把車停在路邊上去問他是否需要幫助。男孩說不需要，就是頭有點暈，過一會就會好的。聽他這樣說，爸爸傑恩打算離開，但是就在他剛轉身要離去時，男孩突然一軟倒在地上暈了過去。爸爸傑恩趕快又回到男孩身邊，試了一下鼻息，見他呼吸正常，放心一點，但是看到他頭上一個青紫大包還在流血，又見他身上腿上有多處瘀傷，就決定要把他送往醫院。爸爸傑恩叫了 911，自己也開著車跟著去了醫院。

到醫院時男孩已經醒了，説是不礙事，就是頭被撞了一下，但是醫院懷疑他昏過去是輕微腦震盪造成的，堅持要讓他住一晚上。

爸爸説著把他的資料遞給我：「你們學校十二年級的學生，你認識他嗎？」

本·安德森。看名字我想起好像在哪裡見過，可是看他十二年級了，我覺得我肯定不認識，我不認識任何高年級的男孩。

「我不認識。他怎麼了？為什麼會受傷？」我問。

「我問他，他開始什麼也不説，後來又説是撞在牆上了，看情況可能跟家暴有關。」

「家暴？你是説他家裡有人打他？」我非常吃驚，以前聽説過家暴，可是從來沒想到會發生在我身邊。

「是的，有的家長酗酒失去理智就會對家人施暴。本

雖然沒說他怎麼受的傷，但是我覺得他的情景像是跟家暴有關。費爾‧布朗就是這方面的法律專家。」

費爾‧布朗是爸爸傑恩律師事務所的同事。「那費爾叔叔能幫他嗎？」我問。

「能，但是必須有人舉報，法律才能介入。目前只是我的猜測。」

「那他要是不舉報怎麼辦？他不是說撞在牆上了嗎？要是不舉報，他還會受到傷害嗎？」我焦急地問。

「他要是不舉報確實有點麻煩，不過醫護人員應該會做記錄，並在地方法院備案。麻州法律規定如果醫護人員發現患者的傷病是來自於家暴，他們必須記錄在案，而且需要上報到地方法院，但是最重要的還是要看當事人怎麼說。」

我仿佛看到了那血淋淋的畫面。上次爸爸傑恩追我被車撞了，是我第一次知道人會流那麼多的血，到現在我一

想到血腿就軟，還怕聽任何尖銳刺耳的聲音。

　　想到本・安德森還有可能受到傷害，我打了個寒噤。爸爸傑恩看出我的不安，安慰說：「別著急，我會關照他。如果你想要幫助他，可以上網查查有什麼家暴熱線或是庇護所的資訊，明天早晨我會去醫院看他，幫你帶去，如果你願意也可以跟我一起去。」

　　那天我一晚上都沒睡，不知從哪裡來的精力，整晚都在網上搜索家暴熱線跟庇護所的資訊。早晨我早早就收拾好準備跟爸爸一起去看望本・安德森。

　　我們撲了個空，醫院前臺說他一大早就自己簽字出院了。

　　第一次體會到失望，這一感覺在我心裡被放大了。我覺得冤枉，自己竟然花了一晚上在網上查找資訊，原來人家並不需要，心裡準備好的安慰的話也讓我覺得是自作多情。悻悻地我心裡很不是滋味。

「他應該沒事。」看到我悶悶不樂，爸爸傑恩安慰我說。「也許你可以去班上找他，問候一下，只要他沒事就好。」

我什麼也沒說，心想我才不去找他呢，出院了，連告知爸爸傑恩一下的禮貌都沒有，這樣的人不值得！可是放學前我還是忍不住找到他們班上。找他說什麼呢？我不知道，我一路尋思來到高年級樓層，心想我又不是來看他的，只不過把爸爸傑恩讓我查的東西轉給他罷了。

本沒來上學，他請假了，說是生病了。

第二天，本還是沒來！

第三天沒等到放學，課間休息我就去找他了。去他們教室的路上我心想，如果他還是沒來上課，我要讓爸爸傑恩給他打個電話了，再沒禮貌的人也不會不接幫助過他的人的電話吧。我心裡越來越不安，想著今天無論如何我都要知道他的消息。

我來到他們教室時還沒有到下課時間，教室門是關著的，他們還在上課，走廊裡靜悄悄地，只有三三兩兩的學生來回走過。他們教室的門很高，我踮著腳趴著教室的門框隔著玻璃往裡面張望，正在仔細觀察時突然聽到後面一個聲音說：「你找誰，需要幫助嗎？」

　　我嚇了一跳，差點摔到地上，我精神太集中了，沒料到會有聲音從後面傳過來。我回過頭，看見一個高個男孩站在我後面，霎時，我愣住了。是他！我一眼認出就是他，那個兩次都跟在我後面的男孩！那天我第一次「搭車」，也就是用藥，從紅房子山來以後，我怕爸爸傑恩看出異樣，不想回家就在外面溜達，可是我感覺很累，噁心，就跑到一個街邊銀行取款機的小房子裡靠著牆休息。那期間來了一個取款的人，我趕緊出來，假裝剛剛取了錢，在路邊磨蹭。就在那段時間我發現有個男生遠遠的坐在街邊，時不時地往這邊看一下。等取款的人離開了，我又走進取款機的玻璃房，隔著玻璃，我看到他還是時不時地關注著我這邊。開始我有些害怕，後來見他完全沒有走近的意思，就放心了。第二次還是同樣的情景，只是這次我非但沒有害怕，反而因他的存在感到些許安全。正想著，還沒來得及答話，就聽那個男孩又說：「對不起，我嚇到你了？」大

概看到我吃驚的樣子，他感到很不好意思，對我直說道歉，可是說著說著他突然停下了：「等一下！是你？！天哪，怎麼是你！」他也認出了我，喜出望外：「你怎麼到這裡來了？」

「我來找本‧安德森。」

「找本‧安德森？你找我？！」 他指著自己笑得像朵花，充滿疑問地看著我。

「你是本‧安德森？」我覺得不可思議。「嗯，不是我要找你，是我爸爸叫我來問問你怎麼樣了。」我本來想給他我整理好的的家暴避難所，家暴熱線等資料，可是覺得不太合適，臨時改了口。

「你爸爸問我怎麼樣了？」他迷惑不解。

「那天是他把你送到醫院。」

聽我這樣說他還是感到十分困惑。「麥卡錫律師？！

他是你爸爸？」他難以置信地瞪大了眼睛。

我笑著點頭。他突然明白過來怎麼回事，意識到這樣問我有點失禮，趕快道歉：「對不起，對不起，我不該這樣問。」

「沒事，我長得跟我爸爸太像了。」 我開玩笑說。

聽我這樣說他臉一下紅了，報羞地笑：「實在太不好意思了，我不知道－我不該這樣問你，請你告訴他我沒事了，我很好，謝謝他那天送我去醫院。」他說的時候手下意識地摸著他額頭上的一塊淤青。

我順著他的手仔細看，想知道他頭上的傷是否已經愈合，可是看不清，他帶著一頂紅襪子棒球隊的帽子，帽檐遮住了前額。然而，他手背上的劃痕卻清晰可見。我注意到他說話時手跟著比劃，修長的手指時而分開，時而緊扣，動作顯得有點神經質。

見我注意看他的手，他不自覺地把手放到褲子口袋裡，

剛放進去，又拿出來。他那麼拘束顯然感到很尷尬，可不知為什麼我卻覺得他的動作特別瀟灑。那天天很熱，他卻穿著長袖長褲，想必是不想讓人看到他身上的傷痕，我想我也會這樣做。

該說的話都說完了，是說再見了的時候了，可是我的腳卻像是灌了鉛，抬不起來。「好，我會轉告我爸爸。那麼再見了，我該回家了。」我口是心非地說。

「等一下，」他見我要走有點著急，「你要走嗎？」看樣子他也不想讓我走。

我點頭：「我爸爸讓我帶的話我帶到了。」

「等一下！你回家，請告訴你爸爸，那天我出院沒事先跟他講，請他原諒。」

他的藍眼睛大而憂傷，像蘭花一樣顯得有點羞怯，我被迷住了，伸出手想去摸。我當然沒有，我克制住這一衝動，點點頭轉身離開。然而，一種從未有過的戀戀不捨，

讓我覺得邁不開步，走出幾步我忍不住回頭看他，發現他也正注視著我。我對他擺擺手，借著距離打量他。高高的個子不是很健壯，藝術家式的瀟灑，這樣想著，突然電光石火，我想起我一年前就見過他！

我激動不已，跑回他身邊指著他說：「本‧安德森！」

見我回來，他顯得很高興，但是不明就裡，聽見我提他的名字，笑著點頭，「對，沒錯，正是我的名字。」

「去年，你是不是得了州里的繪畫一等獎？」

「是呀，你怎麼知道？」

「我不僅知道，我還知道你得獎的那副畫的名字叫 Blue Twilight 藍色曙光。」 我拿出手機，點開存檔，秀給他看我照的照片。「那天學校給你頒獎，我照的！」我洋洋得意，好像是我的作品得了獎。

「天啊，那天你在場？！你也畫畫？」

「不，我不會畫畫，可是特別喜歡藝術！」我沒說我還特別崇拜會畫畫的人。「我在校報上看到你的畫，特別喜歡，就去了。」

「你喜歡那幅畫？」

「太喜歡了，我把它設置成我的電腦的螢幕，天天看，簡直美極了！」

「我真高興你喜歡我的畫！」他高興得直搓手。「你要是喜歡，我還有很多新作品，哪天秀給你看。」

「真的？那太好了！我非常喜歡藝術，可是不會畫畫，我將感到非常榮幸能看你的作品！」

我再次跟他說了再見，輕快地走了。這次離開不那麼困難，也許是因為有了新的約定。

可是沒走幾步，我聽他在後面叫我：「狄娜·麥卡錫！」我吃驚地回頭：「你怎麼知道我的名字？」

「我不是跟蹤過你嗎！」說著羞澀的笑容又出現在他臉上。

「看來咱們在今天以前就認識了彼此！」我說，也感到有點難為情，仿佛洩露了自己的心聲。

我轉身剛想走，就聽本在後面小心翼翼地問：「我能陪你走回家嗎？」

我回過身看著他開心地笑，「當然！」我把手放在胸口上想要按住怦怦跳的心。

第十六章

　　我跟本很快就好得如膠似漆。我們在一起就像早晨太陽升起，晚上夕陽落下，就像微風，就像樹木，自然得就像地老天荒，不需要解釋，無需磨合，除了他個性相對溫和，我比較急躁以外，我們的喜好出奇地相像。是巧合還是前生註定？

　　那天他受傷被爸爸傑恩送進醫院確實是因為家暴。他繼父約翰是個建築工人，沒有工程時常常喝酒，醉了以後就對本跟他媽媽大打出手。比較小時候是媽媽保護他，後來他大了，變成他為媽媽擋住拳腳。那天他繼父喝得酩酊大醉，完全失去理智，又對他們母子兩個拳腳相加。他忍著雨點般的拳頭，強行把他媽媽推出後門，想讓他媽媽去鄰居家躲一躲。可是他的這一舉動讓他繼父更加憤怒，抄起凳子就像他砸來，他額頭上的傷就是凳子砸的。等他設

法脫身，已經多處都受了傷。本說那天幸虧他跑了出去，才沒出大事。

他講的時候就像講別人的事，輕描淡寫，我卻聽得膽戰心驚。

「你為什麼不報警？」我問。

他苦笑著搖頭：「我要是報警，他們會把約翰抓起來，這樣我們家的唯一生活來源也就斷了，我們付不起房子貸款，就得流落街頭。」

飽漢不知餓漢饑，本要是不說我哪裡知道還有人需要為溫飽而焦慮。我想起自己從小到大在爸爸傑恩跟爸爸鮑比的庇護下沒有受過任何委屈，心裡湧上一陣感激之情。

本是個可憐的孩子，兩歲時他的親生父親就離開了他跟他母親。本的母親是個小學代課老師，工作所得付不起托兒所，也沒法帶著他去上課，只好辭掉工作，帶著他從一個母子庇護所轉到另一個庇護所。等到他三年級的時候，

他媽媽又結婚了，繼父在保險公司工作。婚後幾年還好，後來她媽媽發現繼父對家庭不忠，常常在外面跟不同的女人留宿，他們開始吵架，而且越吵越厲害。本說他特別害怕看見他父母吵架。小的時候他嚇得躲在壁櫥裡哭，後來大一點，為了不聽他父母吵架，放學以後就在外面瞎轉。天冷的時候特別難熬，可是即便那樣他也不願回家。就在那時有人把他帶進了紅房子。他八年級時候他媽媽離婚了，他跟母親搬到一個簡易公寓。生活雖然不富有，但是本說那是他最幸福的時光。為了補貼家用，他媽媽在餐館打工，每天很晚回家，他做完作業就看著錶盼著媽媽回來。十點半，他媽媽每天都會準時到家，有時她會事先通知本說是會帶回一個比薩餅，他們坐在沙發上一邊吃比薩一邊看電視，快樂極了。可是一切很快又變了，他媽媽在他十年級時候又結婚了，就是跟這個約翰。本說約翰人並不壞，就是愛喝酒。剛結婚時還有節制，後來經濟不好，工程時有時無，脾氣也變得越來越壞，喝醉了就會發酒瘋，開始是摔東西，後來開始打人。本的媽媽看到兒子無辜挨打，感到非常內疚，想離開約翰，可是害怕過那無家可歸的日子。一天天挨下來，慢慢地也染上酒癮。「我一畢業就想搬出去，等掙了錢，租個大一點的房子就把媽媽接過來。」本提到母親眼睛裡充滿憧憬。

我們手拉著手，輕輕地向對方訴說，每天放學都在一起，一直待到不得不分開才告別。

爸爸傑恩很快知道了我跟本的戀情，他試圖阻止，可是已經晚了。

「狄娜，聽說你在跟本約會？」有一天爸爸傑恩問我。

我點頭，用眼睛肯定了我的答覆。

「你了解他嗎？」

當然！我心想，要不然我怎麼會跟他約會！可是我沒出聲，只是再次點了點頭。

「你知道，他用藥？」爸爸傑恩有備而來，他是個律師。

我料想他會提這個。

「他以前用，現在不用了！」我辯護道。我沒撒謊，自從我們倆個開始約會，我們都沒有再去紅房子。

　　「一旦成癮很難戒除的。」

　　「我知道！可是本已經不用了！」他只會去調查本，卻從來不懷疑自己的女兒！

　　「我知道你肯定調查過本了，那你也應該知道他是一個天才的畫家，他的作品得過州里的一等獎，他功課好，非常勤奮，人也很善良。」我一口氣說了一大堆形容詞，臉都紅了。

　　爸爸傑恩看了我一會，什麼也沒說，隨後歎了一口氣：「狄娜甜心，爸爸相信你！不過請你記住不論什麼情況爸爸永遠站在你這邊。」

　　這句話後來常常迴響在我的腦海裡，可是當時我不明白他為什麼這樣說。

克莉絲蒂娜也知道了我跟本在約會，也來找我。

「我想你的心發生了某種變化。」她玻璃球似的藍眼睛在陽光的照射下顏色變得很淡。

我知道她在說什麼，跟本約會以來我再也沒跟克莉絲蒂娜幹過那事，我根本就忘了那事，好像以前的那個人不是我。現在她來問我是不是我變心了。

我看著路邊的草，那個夏天波士頓雨水少，草都變黃了。我想了想說：「很難說。」

我沒有撒謊，克莉絲蒂娜在我心中的地位一點都沒變，我一如既往地喜歡她，她是我的定心丸，跟她在一起我感到安全可靠。可是事情確實發生了變化，什麼變了呢？我說不清。

克莉絲蒂娜跟我，我們倆是同一類人，我們想法類似，觀點相同，我們相互吸引，我參加環派以後我們兩個很快就成為最知心的朋友。我把我的身體給了她，我心甘情願，

我知道她是在用靈魂召喚我，我也毫無保留。那時我的靈魂走失，不知道自己是誰，我的身體就是我的全部。可是自從有了本，那更古的遺傳基因被喚醒，靈魂肉體歸一，它們呼喚彼此的激盪迴響是那樣強烈，我完全身不由己，把過往的一切都拋在腦後。跟本在一起就像花開花落，雨露陽光，一切都那麼自然，不必思考，無需解釋，無法改變。我對克莉絲蒂娜的感情沒有變，只是對她的感情跟我對本的感情完全是兩回事。

聽了我的話，我見她的眼睛的顏色慢慢變深，眼簾瞇了起來，咬著嘴唇看著我慢慢點頭。我知道她聽懂了，她是那樣的聰慧靈透，我們在一起，從來不用多說一句話。

「祝你好運！」克莉絲蒂娜向我伸出手來，沒有怨恨，甚至於沒有責怪。我握著她的手，還是那樣冰涼，心裡感到一絲內疚與不捨，咬著嘴唇說不出話來。就這樣，我與環女郎們疏遠了。每次在學校裡看到克莉絲蒂娜我都感到難過，看著她，希望跟她聊一會，我想告訴她我不是想離開她，我別無選擇。她卻好像沒有交談的需求，不是對我點點頭，就是打聲招呼便擦肩而過，匆匆離去。

第十七章

　　第一次「搭車」是在跟蹤爸爸傑恩之後的那個週五，我一想到他們都在騙我，就感覺整個世界都背叛了我。那天我主動找到克莉絲蒂娜，我需要她的溫暖與激情，纏綿之後我還是覺得萬分孤獨，我想哭，想放棄一切，一了百了。

　　克莉絲蒂娜當然注意到我低落的情緒，從頭到尾她都萬般溫柔又激情不減。完事以後她非常不放心地看著我。

　　「對不起！」我傷感低落地說。

　　「什麼事？說出來也許我能幫你？」

　　我搖搖頭：「我想去紅房子。」

「那不是你去的地方。」她斷然拒絕。

「我想去！」她沒有被拋棄過，哪裡知道一個被親生父母拋棄的孩子的感受；她沒有被騙怎麼會知道被你最相信的人欺騙了的感覺。「克莉絲蒂娜，帶我去！我覺得我沒法呼吸，我需要解脫！」

「那不會幫你解脫。」

「能，能幫我解脫，哪怕是一會也好。」

她搖頭。

「克莉絲蒂娜，帶我去！我有權決定自己想做的事。」

她看了我一眼，還是搖頭。

「你不帶我去，我自己也能去！」

克莉絲蒂娜帶我去了紅房子，還做了我的搭伴。

每個人對藥物有不同的反應，他們說第一次必須有個搭伴，以防有生命危險。克莉絲蒂娜在我身邊我一點不緊張。

　　屋裡人頭攢動，聲音嘈雜，打擊樂響得屋頂都在顫動，一個歌手帶著哭音在撕唱，唱詞淹沒在打擊樂裡聽不清。我不習慣如此喧鬧的環境，有點噁心，使勁咽著口水，跟著克莉絲蒂娜往裡走。

　　我們在一個小房間前停下來，克莉絲蒂娜推開門，我從側面看進去，只見昏暗的燈光裡幾個人歪坐在沙發裡，門一開都抬起頭厭惡地看向我們，我們趕快進去把門關上。

　　門裡頭完全是另一個世界，外面的聲音被屏蔽了，取而代之的音樂是姬奈莉·莫內的《那個我喜歡》。屋裡有幾張小圓桌，每個圓桌周圍都有幾張沙發椅，我們找了一個沒人的地方坐下來。不一會就有個穿服務生衣服的人走過來，他不說話，也不打招呼，遞上一個小紙包，一根吸管就離開了。

那白色的粉末看著令人厭惡，吸進去竟然一點異味也沒有。不一會我感到眼皮有點沉像是打瞌睡一樣，我努力集中精力睜開眼睛，竟然成功了。音樂變得異常動聽，燈光跟水一樣流來流去，我看到很多像中國餐館掛的那樣的紅燈籠在房間中飄，我使勁夠，可是夠不著。我聽到一個聲音說狄娜你真漂亮，是艾瑪姨，我笑起來，追過去，可是她一轉眼就不見了，我前仰後合地笑著，轉著圈地找，想知道聲音是從哪裡發出來的。正玩著，突然一個東西擊中了我，我痛得一縮。小巫星，小巫星，很多手指著我，我嚇得想跑可是抬不動腿。我又看見那一團一團蜘蛛絲一樣的東西結滿房頂，我想哭，可是發不出聲，我的心咚咚地跳，按也按不住，感覺快要窒息了。突然歌聲又響起來，透明的小提琴飄過來，差點撞到我頭上。房頂上的裝飾變成立體的樓梯，我爬上去，哇，色彩斑斕，炫幻豔麗，只是冷極了……

　　時間像是過去了一百年，等我看清克莉絲蒂娜的臉，屋中的桌椅也回到原位，我知道我回來了。我感到頭昏眼花，四肢無力，就像大夢初醒，使勁想弄清我在哪裡。

我的意識真正恢復是我走出紅房子以後。克莉絲蒂娜見我醒了，拍拍我的手就消失在牆的拐角處。原來這不是一間房間，只是一個半包間，牆後面是一個大廳，和很多類似的包間。穿過大廳，有個小門通向房子的後院。

　　我從那個小門走出來，一股冷空氣迎面襲來，我打了個寒噤，隨之而來的是後悔，自責，還有害怕。我本以為搭車會帶給我解脫，可是沒有，我所能記得的就是我生活片段誇張的重組，現在一切如舊！我感到噁心，想吐，可是我不敢回家，怕爸爸傑恩知道，最後我就找到那個取款機的小房子，還注意到遠處一個男孩的關注。

　　等我醒來，我看了眼手機知道自己已經睡了十個小時了，可是眼睛還是睜不開，躺在床上都感覺累。我知道這是我第一次用藥的反應，心想以後再也不去紅房子了！

　　我掙扎著爬起來，輕輕地打開門注意聽，樓下一片寂靜，一點聲音也沒有，爸爸傑恩一定是去律師事務所了。自從爸爸鮑比離開以後，爸爸傑恩每天早晨五點上班下午五點回家，幹不完的工作會利用週末的時間趕一趕。我想

洗個澡，可是感到眼睛還是睜不開，又回到床上。

　　躺在床上，我感覺眼皮很重，卻睡不著，腦子裡一直迴響著爸爸傑恩說的那句話：我們不會為我們是誰而道歉，更是不會為愛而道歉！那一幕又清晰地回到我眼前。

　　我跟著爸爸傑恩的車，看到他把車停在街邊，熄了火從車裡走出來。他手裡拿著一串鑰匙朝街邊一所房子走去，到了門前，沒敲門，而是拿鑰匙開了門直接走了進去。我愣住了，怎麼回事？難道爸爸傑恩自己還有一幢房子？！我怎麼不知道？我快速地把書包從背後轉到胸前，拿出電腦開始查閱。在區政府的網站上，我找到這所房子的資訊，我看到爸爸鮑比的名字，鮑比・盧森。爸爸鮑比住在這裡！電光石火我突然之間明白了是怎麼一回事，要不然怎麼週五爸爸傑恩總是回家比較晚呢，原來他是來看爸爸鮑比！我瘋了一樣推倒自行車，衝到門前開始拼命地敲。

　　門開了，我看到爸爸鮑比站在我面前，一臉的驚詫，爸爸傑恩站在他身後，同樣的表情。

「狄娜？！」爸爸鮑比不可置信地說，回頭看了看爸爸傑恩。

爸爸傑恩快步走到前面：「狄娜？你怎在這兒？發生了什麼事嗎？」

我憤怒地瞪著他們：「你們，你們一直都在騙我！」

「狄娜，你在說什麼？」

「說什麼你不知道嗎？我以為是我拆散了你們，心裡一直很內疚，但是其實你們一直在一起，從來沒有分開過，要不是我剛才偶然發現，你們是不是會一直瞞下去？把我當傻子嗎？！」

「狄娜，你跟蹤了我？！」爸爸傑恩的眼睛越過我的頭，看了看我丟在路邊的自行車。

「跟蹤你，誰要跟蹤你！網上徵文，我交了一篇文章得了獎，我想給你一個驚喜，就去了你們律師事務所找你，

半路我看到你的車子拐向這條街，就跟了過來……」我淚流滿面，邊哭邊說，感覺自己像個傻子。

「對不起，狄娜，我們沒有想瞞你任何事，只是沒有找到機會跟你講。你先進來。」爸爸傑恩說。

「騙子，騙子，你們兩個都是騙子！」我嚷道，覺得整個世界都拋棄了我。

「狄娜，你冷靜一點！進來講。」爸爸傑恩伸手來拉我。

「我才不會進去！我壓根就沒想到這裡來！」我掙扎著不進去，嘴裡不斷地重複「我就不該到這裡來！」

「好，你不進來，咱們就回家！」爸爸傑恩知道我不會進去，拉著我的胳膊就走。到了車邊，他一把拉開車門把我推了進去，然後轉頭對爸爸鮑比說：「她的自行車先放你那兒，以後我來取。」

到了家裡我們都冷靜下來。

爸爸傑恩指著沙發說：「坐下來，我們談談。」

我坐下來，可是打定主意不跟他講話，心想我那麼信任你們，可是你們卻合起來一起騙我！

「狄娜，我知道你心裡難過，感覺好像我們在騙你！可是你捫心自問，我們什麼時候騙過你！」

我咬著牙，憤憤地什麼也不説。他自言自語地説了下去。

「是，鮑比是搬出去了，這在當時對咱們每個人來說都是最好的選擇，但是他不跟我們住在一起並不意味著我們離婚了，我們彼此相愛，還是一家人，當然要經常見面。沒跟你講，並不是想瞞著你什麼，只是沒有合適的機會跟你解釋。」

聽他說愛這個字我恨不得把耳朵堵上，我沒跟他講我今天巴巴地去找他還有一個原因，我想讓他帶我去一個餐館，我知道我們學校老師們今天在那個餐館裡聚會，我想借此機會介紹爸爸傑恩跟一位教過我英語寫作的老師認識，她漂亮又聰明，人也特別善良，我暗自希望他們能在一起。我不想看到爸爸傑恩很寂寞的樣子。

　　見我還是什麼也不說，他繼續按照他的思路講。

　　「狄娜，你看，我們知道青春期是個坎。現在年輕人的生活比以前複雜多了，咱們家的情況又比較特殊，有許多事情你需要自己理清。爸爸鮑比搬出去是因為他脾氣比較急，他不想跟你總是發生衝突，希望給你留出空間，可是他跟我一樣愛你。」

　　又是那一套！我根本不信他的話，他們倆個合夥騙我。

　　「我知道我現在說什麼你也不信，」他洞察一切！「不過你長大了慢慢會明白，很多事情我們幫不了你，必須你自己去想清楚，但有兩件事情我要告訴你，第一，不管什

麼情況，我們都愛你，我們相信你，相信一切都會變好，你以後不管想幹什麼我們都會不遺餘力地支持你。第二，鮑比跟我，我們不會為我們是什麼樣的人而道歉，我們更不會為愛而道歉。」

說完，他拍了拍我的肩，走進他的書房。

跟以往一樣，他的話不多，可是句句切中要害。他走開了，可話還在屋子裡迴蕩。多少年以後我再次回想起他說的話，我知道潛意識裡我聽懂了，可是當時坐在沙發裡的我，不這樣認為，我從那天以後不再叫他爸爸。

第十八章

爸爸傑恩說得對，一旦沾上毒品就很難擺脫，就像被魔鬼拴上了鼻子身不由己地跟著它走。雖然我第一次去紅房子感覺很差，可是那玄幻的世界卻留在了我的記憶裡，情緒越低落，它的色彩越鮮豔，就像海市蜃樓，你會情不自禁地被它吸引；就像寒夜獨行，遠處一點微光，即便若隱若現，你也會不顧一切地撲向它。我又去了第二次，第三次，我對毒品越來越依賴。以前我找不到我的靈魂，現在我把身體也交給魔鬼。

毒癮來襲的心神不安、頭痛、噁心、手顫我咬著牙默默地忍受，一次次僥倖挨過，既痛苦，又自責，誰讓我把自己交給魔鬼，一切都是預料之中，我自作自受！但是我卻沒想到吸毒會讓我變成一個騙子，我開始撒謊。從小到大我最恨別人撒謊，我記恨爸爸傑恩爸爸鮑比，認為爸爸鮑比搬出去以後他們沒有告訴我，他們還在一起就是對我

撒謊，即便他們後來跟我解釋了，我也完全不接受。我現在變成了自己最討厭的那種人，我對爸爸傑恩撒謊，對本也撒謊。

本家裡的情況沒有好轉，反而越來越差。他爸爸有一次因為發酒瘋摔壞了腿住進了醫院，出來以後只能靠他媽媽照顧。他酒喝得少了一些，因為本跟他媽媽把酒藏了起來，可是他的脾氣越來越壞。本說他們離婚是遲早的事。本又開始用藥，他苦悶不是因為他爸爸的家暴行為，是他母親也開始酗酒。馬上就要畢業了，他總是在說他要趕快找到工作搬出去。

畢業，找工作，酗酒，家暴，出新作品⋯⋯我一樣也幫不了本，只能陪伴在他身旁。本把他的卡通插圖樣板寄給了各大動畫片製作公司後，就一直在焦急地等待回音，我幫他查郵件，等信件，任何一個電話都會驚得跳起來。

剛開始約會時，我們很長時間沒有去紅房子。青春的激情，靈魂的陪伴我們什麼也不需要，只要彼此，仿佛有了彼此就獲永生。可是現實就像一把懸在頭上的劍，我們

最終還是被打回原型。本慢慢地又開始用藥，我心疼，害怕，可是我阻止不了他，開始我偷偷地哭，後來我跟著一起用。愛是利他是忘我的，最受不了的就是看到對方痛苦，寧願自己受難，也要保全對方。我們知道毒品的害處，自己控制不了，卻最怕也最恨看到對方用藥。最初我們背著對方，後來商量好相互監督，但是我們誰也沒有辦法阻止事情變得越來越壞，本和我就像在一個六十五度的斜坡上順著慣性往下滑，停也停不下來。多少次我們發下海誓山盟再也不碰毒品，可是寒夜來臨，我們像風雨中的蟬，只求一片葉子的暫短庇護。

那天是個非同尋常的日子，天瓦藍沒有一絲雲，像極了童話世界，夢想可以成真。我陪本去動物園寫生，他手上的筆就像有了生命，一個下午竟然畫出一個系列。

「你是我見過的最有天分的藝術家！」我把他畫的獅子卡通草圖排成一排放在臺階上，一邊欣賞一邊讚歎。

「謝謝你狄娜！你總是鼓勵我！但是到目前為止沒有一個公司給我回音。」他沮喪地說。

「不要著急，你一定會找到工作！」我走過去握緊他的手，心裡比他還著急。我沒告訴他我中午查過郵件，沒有任何消息。

我們手拉著手，慢慢往回走，都感到了那懸在我們頭上的劍，等著命運的裁決。

後來再看到那樣的天，我都還是迷信地認為那是一個夢想能成真的日子。可是那天我們沒敢再查郵件，一個朋友父母出去度假，我們去他家週末狂歡。

*

爸爸傑恩一旦認定什麼事十頭牛也拉不回來的。這次是讓我去戒毒中心，他認定了，我非去不可，沒有商量。他把他的案子轉給一個同事，乾脆不上班了，專職看著我的分分秒秒，放學哪怕我晚出來五分鐘，他就會出現在學校大門口。

我知道我需要幫助，可是我得維持自尊，不想因他的

脅迫就乖乖就範。他倒好，完全不給面子，一改平時對我的信任，我去哪裡他都跟著。

「你不能這樣跟著我，你干涉了我的自由，對我不尊重！」我說。

「別跟我談尊重！你背棄了我對你的信任，還在這裡談什麼尊重，你對自己尊重嗎？」

他的話讓我啞口無言，我低下頭，對那天的事悔恨不已。

「那天要不是我及時趕到把你送進醫院，你知道後果會有多嚴重嗎？」他眉頭緊鎖，衝著我嚷，眼裡充滿恐懼。

我知道，吸食過量再也醒不過來的事時有發生。我看著他的眼睛，明白了他一改常態的原因，平時任由我造他都選擇相信我，這次不一樣，我觸碰了底線，他絕不會妥協，除非我去戒毒中心，否則他會一直跟著我。

那天，天色瓦藍沒有一絲雲的那天，本得到了夢製作的工作機會，他們對他的才能大加欣賞，非常高興本能參與他們的創作……郵件下午才寄到，可我們不知道，我們沒查郵箱，因害怕失望，我們把手伸給魔鬼，期盼救贖，卻再次墜落。

　　我同意去戒毒中心，除了架不住爸爸傑恩分分秒秒地看著我，還有一個原因，那是因為我在本的眼睛裡看到與爸爸傑恩一樣的恐懼。本說那天他嚇壞了，如果我沒有醒來，那麼一切都將會失去意義。

　　十七歲了，我卻一點不懂事，情緒左右著我的行動，從來沒有想過自己的行為帶來的後果會對家人造成傷害。爸爸傑恩質問我，我才開始思考，才意識到自己也有可能再也不會醒來。想到這裡我有些後怕，我知道爸爸傑恩爸爸鮑比該會多麼難過。我想起六歲的時候我得了急性腦膜炎，突然之間頭痛欲裂，並開始嘔吐。當時爸爸鮑比剛把我從小提琴課接回來，我正準備做作業，他開始準備晚餐。看到剛才還好好的我突然變成那樣他嚇壞了。最初他以為是食物中毒，可一摸我的額頭燙得嚇人，他說當時他腿都軟了，立刻撥打了 911。爸爸傑恩接到爸爸鮑比的電話時

正在會見客戶，聽說我生病了他放下電話就往醫院趕。救護車十分鐘就到了，爸爸鮑比說那是他一生當中經歷過的最長的十分鐘。到了醫院爸爸鮑比說我的小臉都青了，醫生說幸虧送醫院送得及時，否則生命就危險了，即便好了也會留下後遺症。我住院住了五天，爸爸鮑比跟爸爸傑恩都請了假輪流在醫院二十四小時地守護我……想到這裡，我感到悔恨不已，羞於自己的遲鈍與自私。無獨有偶，在戒毒中心老師問了跟爸爸傑恩同樣的問題，我突然意識到那個不會醒來的也許會是本，我被這個想法嚇壞了，沒有本我的生活將是什麼樣？我慌亂地意識到光是我自己戒毒沒有用，本也必須戒毒，本好我才好。我產生了幫本戒毒的想法。

第十九章

　　我跟本焦慮地等待著美沙酮。那天在路邊見到克莉絲蒂娜以後就再也找不到她了。我打電話過去沒有人接，給她發短信也不回。克莉絲蒂娜就像在人間蒸發掉一樣消失了。

　　本已經把房間準備妥當，參照綠穀的戒毒措施，我們做了十二步戒毒的詳細計劃，急救措施也準備得差不多了。戒斷反應，除了焦慮、煩躁、腹痛、盜汗、失眠、失禁、也還會出現抑鬱或是嗜睡的情況，而這種情況反而倒是最危險的信號。我們在本的房間裡裝了一個攝像頭。

　　該做的都做了，可不知為什麼我卻越來越沒有信心。替代毒品的美沙酮用的劑量很難掌握，劑量不夠，戒斷反應會很大，如果復吸就意味著剛一開始就全盤告罄；如果美沙酮過量非但會有生命危險而且把握得不好也會成癮。

我們在玩火。

　　克莉絲蒂娜不知道到哪裡去了！搞到美沙酮，本跟我才能請假，計劃才能開始實施。

　　那幾天我的眼皮總是跳，我只當是沒有睡好，其實災難來襲，回看起來都有預兆，只是平日日常繁雜已經佔據了我們整個身心，我們只顧埋首應付⋯⋯

　　找不到克莉絲蒂娜我開始想別的辦法。

　　丁丙諾啡吧？我聽説可以在藥房買到，現在還有口服片劑。我立刻開始在網上查找。

　　鹽酸丁丙諾啡簡稱丁丙諾啡，是罌粟的成分之一蒂巴因的衍生物。丁丙諾啡在臨床上的用途主要是強效鎮痛藥，鎮痛效果是嗎啡的二十五到四十倍，作用持續時間六至八小時，鎮痛效果優於度冷丁，身體依賴性低於嗎啡和度冷丁，因此，丁丙諾啡雖然作為麻醉藥品類管理，但不限量供應。

　　在對丁丙諾啡的應用研究中發現，當非阿片類成癮者

使用時，可觀察到嗎啡樣作用，故也曾發現濫用傾向。但用於阿片類成癮者時，非但沒有阿片樣作用，反而促使了戒斷症狀的出現，因此就把這一類藥物稱為「阿片受體激動一拮抗劑」。自七十年代以來，人們便逐漸利用這一特點用於脫毒治療。

利用其對阿片受體的激動作用，可以發揮替代治療的效果，利用其對阿片受體的拮抗作用，減少成癮者的覓藥行為，因此它在完成替代以後，能在較短的時間裡遞減完畢而撤藥症狀輕微，在脫毒治療中效果滿意。但也恰恰因其不是單一的阿片受體激動劑，在開始用藥時需較大劑量才能遏制戒斷症狀。

以往」丙諾啡採用肌肉注射方法給藥，近來有報導靜脈注射給藥取代肌注給藥可使丁丙諾啡用藥量減少百分之五十。據依賴者反應靜脈注射較肌肉注射能較快遏制戒斷反應，也無副作用。[1]

儘管長夜漫漫，太陽總會升起。我在網上查到上面的文字，鬆了一口氣，只是不明白自己為什麼會執念於美沙酮。我接著查。

---

1 資料來自毒品檢測網：dupinjiance.com

為愛無需道歉

丁丙諾啡是毒品麼？丁丙諾啡有哪些危害？用丁炳諾非戒毒有什麼副作用……我打出一堆關鍵字。

丁丙諾啡除了它的藥用作用外，還有比較嚴重的副作用，與其它阿片類藥物相似，最常見的副作用有：易成癮、神經系統損害、記憶力下降、失眠、嗜睡、出汗、便秘、頭痛、噁心，可能引起高血壓和誘發高血壓，呼吸抑制等等。據報導丁丙諾啡有兩種很危險的濫用情況：一是藥片靜脈注射不當或過大劑量的口服；二是與其他鎮靜類藥物（如地西泮、酒精）合用，這樣使用易引起呼吸抑制，昏迷、甚至死亡。

讀完，我的手心都是汗。以毒攻毒，都是毒，美沙酮，丁丙諾啡都是一把雙刃劍，無法保全自己，戰勝對方又有什麼意義。我又想起爸爸傑恩的話：最好的方法還是去戒毒中心，費用我來解決，你們無需關注。

可是我不能凡事都依靠爸爸傑恩，本也不會願意，希望今天能聽到克莉絲蒂娜的消息。星期五是個不同尋常的日子，上次她來找我也是星期五。

第二十章

　　我慌里慌張地趕到餐館，老闆看了我一眼沒説話。還好，只晚了幾分鐘！

　　週五餐館裡的客人總是特別多，我一個人招呼著一個二十人的桌子。他們要了酒，不慌不忙地喝著，像是世界上所有的時間都屬於他們。

　　我瞟了一眼吧臺上的鐘，計算著什麼時候該給他們上菜，心裡期待著那豐厚的小費。

　　我單手托起疊在一起的半桌菜時，心裡想著上完菜要抽空去看看手機是否有克莉絲蒂娜的電話或短信。上班時本很少聯繫我，我基本不查看手機，最近不一樣，我留意手機因為我急著要找克莉絲蒂娜。

一手托著半桌菜，一手拿著折疊架，我在客人，其它服務員，桌角之間穿梭而過，繞過大半個餐廳，穩穩妥妥地將十個人的菜運到桌邊，開始發放。

　　客人們興高采烈，欣賞著放在他們面前的美味佳餚，唏噓一片。哇，這麼漂亮！看著就很好吃……　哦，西班牙海鮮飯！這個餐館做得絕對正宗！墨西哥煎魚塔可……讚歎聲中突然參入一聲驚呼：「啊呀！」隨後一切都靜止了，就像斷片一樣。正在上菜的我愕然地看到端在手中的菜盤滑出我的手指，隨著那聲啊呀的驚叫，盤子在空中翻到，整盤菜正好扣在一位女士裸露的臂膀上。

　　「啊！」那位女士叫著驚跳起來，菜從她臂膀上掉下來落了一地，邊上的人也都站起來。那位女士用另一隻手護住手臂，彎下腰，很痛的樣子。她臂膀上雪白的皮膚紅了一片！你沒事吧？你沒事吧？周邊一片焦慮的聲音。我目瞪口呆地站在一旁，完全不知道怎麼會發生這樣的事。

　　飯店老闆聞聲而至。怎麼回事？怎麼回事？啊，菜潑在你身上了？！實在是對不起，實在對不起！啊呀，你的

臂膀都燙紅了！快，快撥 911 ！快撥 911 ！人們亂成一團。

911 ？不用 911，她能走，去醫院急診吧，出門右轉就是醫院……

「那行，快，你趕快把這位女士送到最近的醫院。」老闆指著領班叫他去送。

這個意外打亂了我所有的思路。我伸出右手仔細地看，驚訝於它的失控與自控，這個世界有多少事是在我們的掌控之中呢！

「對不起，對不起，實在對不起！」我一邊使勁賠不是，一邊收拾殘局。待我小心翼翼地服務完客人們，快下班時才抽出空來去查看手機。果然有克莉絲蒂娜的留言，約我在上次那個街角的便利店見。出乎我的意料，手機上居然還有本的一個短信，說是去他媽媽處了。

下班了，我決定直接去找克莉絲蒂娜。克莉絲蒂娜，我沒看錯，只要她答應的事一定能辦到！我一邊想著一邊

翻看書包，確認是否帶了支票。路上我給本打了個電話，沒人接。我沒有留言，想著要當面告訴他我們已經有了美沙酮了。

每次跟克莉絲蒂娜見面時間都很短，她乾脆俐落，總是辦完事就走，我卻感覺有很多話想說，她不給我這個機會。

遠遠的我就看到她叉著腿站在街燈底下低著頭看手機。她腳上穿的是一雙高底黑靴，腿上是黑皮緊身褲，上身是帶穗打釘的短款黑皮上衣，肩上還斜挎著一隻巨大的黑皮包。遠遠看去她像是俠客近看則像是黑幫成員。

看到我的車停在路邊，她走上前來。

「三種不同的劑量，每瓶三十粒，應該夠了。」我搖下車窗，她一邊説一邊把幾個小藥瓶遞給我。

我接下，拆開藥瓶上的橡皮筋，打開綁在上面的一張紙問：「這是什麼？」

「用藥指南。」

我心裡一陣感激，有用藥指南，藥的來源一定是正規渠道，她為此費了多少心思我知道。

我張口想說點感激的話，可是話沒出口，就聽她說：「兩千五，現金。」

「OK，支票可以嗎？我沒有現金，只帶了支票。」 虧得有爸爸傑恩的幫助，我想。

「便利店裡有取款機，我在這裡等你。」

克莉絲蒂娜不愧為環派的頭，她做事計劃周全，思維縝密，滴水不漏。她選擇在這裡交接，就是因為這個便利店裡有取款機。

我取出錢來，遞到她手裡，她看也不看塞進上衣兜裡，轉身就走了。

我站在夜幕裡，有一種不真實的感覺！剛才她還在我身邊，她身上那辛辣的香水味還在空氣裡飄蕩，一轉眼她卻消失了，就像什麼也沒發生過。看著她消失的方向我感到異常失落。

啊，美沙酮，我們翹首多時的期盼！我看著手裡盛有美沙酮的藥瓶心怦怦地跳，我握緊藥瓶就像抓住一根救命稻草，我感到喘不過氣來，心跳得就像快蹦出嗓子眼，我靠在車身上。啊，上帝保佑我們！我緊扣十指望著星空開始祈禱：啊，萬能的主呀，保佑我們！感謝讓我們得到了美沙酮，感謝讓本跟我找到彼此！請給我們信心，賦予我們力量，請保佑我們成功戒毒，並在戒毒的過程中不出現意外！主啊！我們愛你，請保佑我們！

終於，終於我們可以出發了！本要是知道我們有了美沙酮該有多高興！想到這裡我深深地吸了一口氣，初冬的寒涼讓我打了個寒顫，可我的心裡卻像是裝著炭火，我要趕快告訴本！

我使勁踩著油門，恨不得馬上見到本。一到家，進門就嚷：「本，本，今天我見到克莉絲蒂娜了！」可是屋裡沒聲，靜得出奇。「本，你在哪裡？」我推開我們臥室的門，沒有，他不在裡面，我推開廁所的門，也沒有人。他還沒回來嗎？我環視整個房間，沒有人，只有他的電腦一閃一閃地發著螢光。怎麼回事？ 我打開冰箱，發現他沒有吃我給他準備的三明治。

　　太奇怪了！我拿出電話，查看他發給我的短信，是兩點多發給我的，那時我剛去上班，我看了一下錶已經是晚上十點三十五了。我又給他撥了一個電話還是沒人接。我有點慌了，不會出什麼事吧？！我拿起鑰匙，鎖了門，衝進汽車，一腳踩在油門上就往他媽媽家開去。

第二十一章

整條街都靜悄悄的，本的媽媽家門鎖著，屋裡也沒有燈光。我使勁敲門，沒人應，倒是鄰居家走出一個中年婦人。

「你找誰？他家可能沒有人。」

「哦，不好意思，打擾您們了！我叫狄娜·麥卡錫，是庫珀女士兒子本的女朋友。本告訴我他來他媽媽處了，可是他家裡好像沒有人，您碰巧知道他們都到哪裡去了嗎？」

「今天下午來了一輛救護車，我看到庫珀女士被抬到救護車上，估計她生病了，他們也許都去醫院了。」

「哦，您知道他們去哪個醫院了嗎？」

「這我不知道，不過我們這裡大多數都去聖盧克醫院，很近，只有幾條街的距離。」

「哦，那我去醫院看看，太謝謝您了！」

告別本媽媽家的鄰居，我就往醫院開去。

我不是直系親屬，醫院什麼也不告訴我，我所能打聽到的只有今天下午確實有位女士被送進急診室。

爸爸傑恩說那晚我給他打電話可能已經有預感，事情已經變得很糟糕，因為我還沒說完就在電話裡哭起來。

其實到後來我也沒有弄明白當時到底發生了什麼事，我只記得爸爸傑恩開車帶著我回到本的媽媽家時，外面站著很多警察，旋轉的警燈閃個不停。是爸爸傑恩報的警，警察在後院發現了本的自行車，各種跡象都表明家裡有人，但是不論他們怎樣敲門都沒有人來開門，他們最後破門而入，發現本躺在床上，四肢在痛苦地抽搐。

爸爸傑恩接到我的電話，告訴我就在原地等著，他馬上就到。等待爸爸傑恩的時間是那樣漫長，仿佛要等到地

老天荒，我給所有跟本有聯繫的人打電話，他們都不知道他在哪裡。

本臉朝下地躺在床上，頭歪在一邊，四肢不斷抽搐看上去痛苦不堪，頭髮濕漉漉地一縷一縷地糾結在一起。「本，本！」我拼命地叫，可是沒有回音，有人使勁地抱著我不讓我挨近他。

這個情景在接下來的日子裡每天都出現在我的夢境裡，我胸口感到揪心地痛，醒來一身大汗不知身在何處。

我躺在醫院的床上，看著四周雪白的牆，感到恍惚，總要想一會才能明白自己身在何處。身體跟頭腦都掏空了似的，感覺輕飄飄的，只聽到爸爸傑恩的聲音在耳邊絮叨：本的媽媽死於週五下午三點二十四分，酒精中毒。本把她送到醫院時她已經沒有生命體徵，入院一小時醫院就出具了死亡通知書。本死於週六凌晨一點三十分，吸毒過量。從本把他媽媽送到醫院，到警察在他媽媽家發現他一共十一個小時，人們不知到在這是十一個小時裡發生了什麼。

我看到爸爸傑恩拿著一張紙在讀，感覺在講一個遠古的故事。

第二十二章

　　本的舅舅主持了本與他母親的葬禮，我跟在爸爸傑恩後面走在瞻仰遺容的行列裡。看到本躺在那裡，身邊都是白色的馬蹄蓮，我想起跟本剛剛開始拍拖的日子，他抱著一大捧馬蹄蓮來找我，見到我嘴巴笑開了花。房間裡響著背景音樂，本安靜地躺在那裡，金褐色的頭髮梳得一絲不苟，就像他畢業典禮那天一樣，英俊的嘴角還有一絲笑意。我只想著不要驚醒他，忘記說再見，沒有意識到那一刻就是生離死別。

　　那天大雨如注，我竟沒有淚。我看到工作人員小心地把棺木放入穴位，牧師畫著十字開始祈禱，穿著黑衣，打著黑傘的人圍著兩個墓穴低頭默念。

不知過了多少時間，人們開始離去，爸爸傑恩走到我身邊摟住我的肩膀說：「狄娜，我們也走吧？」我被他的聲音驚醒，抬眼看看周圍，灰濛濛的一片，眼前是兩個大理石墓碑，上面刻著本與她媽媽的名字。我點點頭，就朝著我們住的方向走去。

　　「狄娜，你去哪裡？」 爸爸傑恩從後面追上來，拿傘為我遮住雨。

　　「我回家。」

　　「回哪個家？艾頓街二十四號嗎？」

　　我點頭，那是我跟本的家。

　　「過些日子再回去吧？」

　　「沒事的，我就回去看看。」

　　看勸不住我，他說：「那好，我跟你一起去。」

　　我搖頭：「我想自己去。」

他沉思了一下說：「好吧，那你拿著傘。」他把傘給我，冒著雨向他的車跑去。

　　我走呀走，不知道走了多久，似乎很遠，也許很近。我走進了那熟悉的小院，沿著樓梯走進門廊，拿鑰匙打開門。一進門一絲溫暖傳遍全身，也許是剛淋了雨，也許是回到了家。一切都那麼熟悉，我習慣性地喊了一聲：「本，我回來了！」

　　沒有人回答，我打開我們臥室的門，一切如舊，只是沒有一點聲音，我在本的電腦前面呆坐片刻，看到桌上有幾張草圖，拿起來一張一張仔細看。最上面一張上面是個小男孩蹲在地上拿著火柴在石頭上使勁摩擦，樣子認真而專注；接下來一張是同一個小男孩站著睜著水汪汪的大眼睛驚奇地注視著燃起火苗的火柴，他的眼睛晶瑩剔透，充滿希望。我看了看題目，是「希望」，我笑了，多麼敏銳的心才能用畫筆描述希望。我摸了摸鍵盤，電腦螢幕亮了，需要填寫密碼，我沒有本的密碼。我站起來走到沙發邊上的茶几處，那上面上放著一張本跟我的照片，是去年去紐約參加卡通年會時照的。背景是長島著名的落日海景，本在我後面，雙臂摟著我，我們對著鏡頭幸福地笑著，落日

的餘暉把我們兩個鑲了一圈金邊。我拿起照片，摸著照片上本的臉，眼淚流下來了。我的意識回來了，關閉的心開始有了感覺，那隱隱的痛隨著流出的眼淚清晰起來，我開始意識到我失去了本，永遠地失去了他，他的聲音還那麼清晰地在耳邊響起，可是他永遠也不會再回答我的呼喚。我望向掛在牆上的吉他，眼淚流的更凶了。

「明天早晨如果你醒來，

但是未來迷茫，

我會在這裡……」

我想起那首歌。

本你怎麼走了？你怎麼捨得？不是說好了嗎，不論前景如何，你都會在那裡等我。

本！本！你怎麼不說話！我聲嘶力竭地叫著他的名字，可是沒有回音，我傷心地坐在地上，淚如泉湧。幾天前你還在我身邊，還拉著我的手在我耳邊低語，瞬間你竟

然就消失了，留下我一人，讓我如何自處！

如果你從未出現，我則不認得你，

寒夜蕭殺，靈魂饑嚎，我只當是常態，一一吞下。

可是你來了，帶來一片溫暖，

你又走了，帶走了一切。

我又感到了那無望的黑洞將我包圍，剛剛修好的殘牆，又碎了一地，我看到一個精靈跳出來在罌粟花海裡跳舞，我不再猶豫，拉開那個抽屜，把手伸了進去。突然我想到了本的信，糟糕，雨沒有把它淋濕了吧！我驚跳起來，抓過我的包，撕開拉鍊，我看到那封信。

那天爸爸傑恩把它給我，我看了一遍，不是很明白本在跟我說什麼，發生了什麼事。那些天來了那麼多人，我的頭很痛，我把它小心地疊起來夾在一本書中放在書包裡，想著過兩天再看。

我拿出信，見信腳被雨水打濕了，我心痛地把它貼在胸前。

　　冥冥之中，什麼叫冥冥之中？是靈魂的呼喚，天邊的迴響，還是潛意識的感應？不管怎樣本我知道你一直在我身旁，我甚至於能聽到你的呼吸，在夢中，在路上，在屋裡。

　　在我迷失之際我又見到了本。大雨如注，天在哭泣。我捧著信，蜷坐在沙發上本常坐的那個位置開始讀信。

　　「狄娜我的最愛，如果是你爸爸傑恩把這封信交給你，那就是說我已經不能陪伴你左右了，咱們的夢想就要靠你一個人來實現了。你是我認識的人裡意志最堅強的人，我知道你不會讓我失望。

　　我們的夢想是那樣的簡單，我們想要的不過是隨心所欲地在陽光下散步，在月光下數星星，那種最簡單的生活，我們不過是想成為自己生活的主宰，可是實現起來怎麼那樣難呢？

多少次我們手拉著手說只要讓我們回到原來那樣簡單而正常的生活，只要讓我們擺脫那只無形的黑手的控制，我們願以一切條件作為交換。也許我就是那個條件。狄娜，只要你能夠自由自在地享受陽光，在大地上奔跑，在大海裡游泳，毫無束縛地追逐你的夢想，我心甘情願做那個條件。

　　狄娜我的最愛，你是那樣美麗，善良，聰慧，遇到你是我的幸運！我的夢想就是跟你白首偕老，我還想跟你有三個女兒……現在我無法實現我的夢想了，我把這一切繪成一本童話書存在郵箱裡，並為郵箱做了個設置，如果一個月沒人打開郵箱，童話書的文本會自動發送到你的郵箱裡。望你珍存這份紀念，它是我們在一起的美好時光的見證。

　　你一定覺得奇怪我為什麼把這封信放在你爸爸傑恩那裡。你從綠穀回來前他來找過我，我答應他跟你一起戒毒，要不然他怎麼會允許你回到我身邊來呢？

　　上次你吸食過量差點沒醒過來把我們兩個都嚇壞了。

他愛你勝過一切，你是他的掌上明珠，他不能失去你，就來求我戒毒。他說他了解自己的女兒，他知道如果我深陷泥潭，你也不會獨善其身。對於一個父親的請求我怎麼能不答應呢？當然我答應戒毒也不全是因為你的爸爸的請求，更重要的是我也不能失去你，你於我比生命還重要。你不知道那天我等在急診室外面的心情，我差點都瘋了。我當時就告訴我自己必須馬上戒毒。可是狄娜甜心，你知道一旦被毒品那隻黑手控制我們每天就是在地獄邊上跳舞，即便是小心翼翼，稍一不慎就會滑下那萬丈深淵。狄娜甜心，我會盡我一切努力牽著你的手走向那溫暖的陽光，可是我怕，我怕在我們走出陰影之前，我會意外失足，那樣的話我連跟你說這些話的機會都沒有了，所以我留下這封信。

狄娜甜心，我的最愛，如果你不幸看到這封信，請不要傷心，也不要回頭。我會在那微風裡，樹梢上，夕陽下默默地注視著你，為你祝福，等著你走出陰影的那天我將開懷大笑。

愛你的本。」

我捧著信，讀了不知道多少遍，淚流乾了，在沙發上昏昏睡去。

　　一覺醒來已是黎明，我在沙發上呆坐片刻，心痛依舊，可是不再絕望。本說了兩個人的路我要替他走完。我開始收拾家。

　　東西不多。本的遺物裡最重要的就是他的電腦跟他的畫稿，我小心地將它們包好放在電腦的原裝盒子裡，那個盒子我們一直用來盛雜物，現在正好用上。看著本的衣櫥我的眼淚又湧上來，我趕快擦乾，流下來的淚水，選了一件他喜歡的Ｔ恤放進盒子裡。有一些東西是屬於我們兩個的，我把它們都放進另個大的塑膠袋，剩下就是我自己的衣服了，我把它們整理了一下也放進了一個大塑膠袋。食品全部倒掉，沙發桌椅全部放到街邊，有人要最好，沒人要就當垃圾處理掉。

　　收拾好一切，我給爸爸傑恩發了個短信，叫他有空來接我。

　　短信剛發出去幾秒鐘就收到他的回信：「我就在外

面。」

我把門打開，看到他從車裡走出來。原來他整夜都在外面守侯。

＊

我從湖邊小屋走出來是十天以後。

什麼叫煉獄，我想就是那種叫人脫胎換骨的折磨，有過這種經歷的人絕不會回頭。

離開本與我的住處，我做了兩件事。第一，我訂了十二天以後去北京的機票；第二，我告訴爸爸傑恩我要在家裡的湖邊小屋住上十天，這十天我不會出來，我叫了外賣，每天一次送到窗台上。我對他的唯一請求就是不要進來，不論發生什麼都不要進來。

爸爸傑恩對第一件事的反應是說：對，你應該回去看看，那是你出生的地方，並且告訴我他有一個律師朋友可以幫忙安排。對第二件事是堅決不同意，對他來說不論發

生什麼都不要進去這不可能，萬一有什麼危險呢！

我知道戒斷反應是什麼，酒精戒斷反應也好不了多少。我仿佛看到自己一隻手被拷在床墊一角大汗淋漓地躺在地上，嘴角吐著白沫牙齒咬得咯咯地響。失控，失禁，失意是否發生都要靠魔鬼的恩賜，我不寒而慄，但是我別無選擇，這是我向死而生的最後一搏，希望經此一役永不回頭。我準備好承受一切，可我不想讓任何人看到我的狼狽，更不希望讓一個父親看著女兒痛不欲生，苦不堪言。

「如果你做不到，我也就戒不了毒了。」我說。

「你能，去戒毒中心，他們會用更安全的方法幫你戒毒！」

「我知道我的這個方法比較極端，正因為如此我才能跟毒品永遠說再見。」

「狄娜，爸爸明白。但是絕不能以生命危險作為條件。」最後我們決定只要爸爸傑恩擔心，他就在門上敲三下，我如果回應三下就是我還能堅持。

第二十三章

　　我躺在床上一點睡意也沒有，也許是時差，也許是興奮。

　　飛機一大早就抵達北京，一出機場就覺得像是被一股暖流包圍，空氣裡似乎都是溫情。諾大的機場到處都是人，黑頭髮黑眼睛，都跟我長得一樣！這讓我感到安心。難道這就是回家的感覺？我感到亢奮，好奇，也有一絲不安。

　　首都機場太大了，我居然走丟了，我剛才看到路標顯示計程車往這個方向走，怎麼走著走著就不知在哪兒了。我見一個穿著長裙的女士站在一堆行李邊上，就湊上去想問問我走的路是不是正確：「對不起，請問一下，我想找……」我比比劃劃在腦子裡搜尋 taxi 的中文字，還沒等我說完，對方就瞪了我一眼：「話都說不好？！」她仰著下巴扭過頭去。我看著她的側面，臉上的表情令我感到很

陌生，我愣在那裡。中文說不好就不能問問題了嗎？想了一會我笑了，我的中文確實有問題，那位女士態度有點無禮可是她能直言不諱顯然沒把我當外人，總比看我跟看星外人一樣好。

路沒問到，還被揶揄了一番，我正尷尬地四下張望突然聽到一個熱情的聲音：「姑娘，你想去什麼地方可以問我。」我剛碰了釘子，中文又不好，在一個完全陌生的環境，突然有人伸出援助之手，我心裡一暖差點落下淚來。「我，我想知道哪裡有 taxi。」

「你要打的呀？」那位穿著淡雅的中年女士說。

「對，對，我想知道到哪裡去打的。」我使勁點頭。

「就在那兒，拐彎就是。我也要去，你可以跟著我。」

「謝謝阿姨！我可以叫您阿姨嗎？他們說這是中國人表達敬意的方法。」

「可以。」她笑著說。

我趕緊跟上她：「對不起，阿姨，我中文不好。」

「沒關係，我剛去美國時英文也不好，慢慢就好了。」

「阿姨怎麼知道我從美國來？」

「我跟你坐同一個飛機來的。」她溫暖地對我笑。「你第一次來北京？」

我點頭。

「你來北京玩？」

我搖搖頭，又點點頭。

……

我的意識從機場收了回來。我來幹什麼？要找到把我

帶到這個世界又把我遺棄的父母？要問問他們為什麼把我丟棄？要看看我長得像誰？可是後果呢？如果真的找到了我的生身父母，他們願意見我嗎？願意接受我嗎？我能夠與他們安然相處嗎？……十幾年了，我一直在問自己這些問題，我以為我已經做足了準備去接受任何答案，可是事到臨頭我猶豫了，不知道我是否真的能把握住自己的情緒，處理好各方面的關係。

咚咚，有人敲門。我打開門，是我的室友艾莉娜。她是個高個，有著棕色頭髮的英國姑娘，在北京職業大學教英文。在美國時，我在網上搜索北京的租房資訊，看到有幾個在中國教英語的外籍老師在尋找室友，艾莉娜是其中之一。我見北京職業大學離中國兒童福利和收養中心很近，就跟她建立了聯繫。

「狄娜，對不起影響你休息了吧？」她用中文跟我講。

「沒有，沒有，我第一次來中國感到很 excited。」我不知道興奮的中文怎樣說就用英文代替了。我中文學校四年級的水準只夠日常簡單交流，稍生僻點的詞只能用英文

代替。我非常高興艾莉娜跟我講中文。

「是啊！我第一次來的時候跟你一樣也感到很興奮。我記得第一個晚上我整晚都沒睡覺，一是因為興奮另外也有時差的原因。你從美國來更是要儘量休息好，否則你明天白天會很睏。美國跟中國的時差正好差十二個小時。」

「就是，正好差十二個小時，一個白天一個黑夜。」我笑著表示同意。

「嗯，我來敲門是想告訴你，我明天一早去學校，要到晚上才回來。你要出去的話，除了坐公交車，坐地鐵，你也可以騎自行車，你可以用我的車，我這幾天都不用。」

「太感謝你了艾莉娜，你想得真周到！我明天想先出去看看，坐公車吧，我想先熟悉一下北京的公共交通系統。」我走到她邊上，展示給她看我的手機螢幕上的百度地圖：「謝謝你艾莉娜教我用百度，剛才我百度了一下天安門，一下就找到了。」

「太好了，學會百度你就不會走丟了！好了，不打擾你了，你坐了一天的飛機，早點休息吧。」

「謝謝你艾莉娜！」

艾莉娜走了，我卻再也睡不著了，乾脆爬起來，把自己明天要幹的事寫在紙上。

北京福利院兒童領養中心幾個鑄在牆上的字我遠遠地就看見了，我的心怦怦地跳起來，離得越近跳得越厲害。中國的國徽我認識，我的領養證封面上就有一枚，紅色圓章下面就是北京福利院兒童領養中心這幾個字。我的中文雖然不好，可是這幾個字我從小就認識。我終於來到了這裡！這個中心，是我關於我身世唯一能鎖定的東西。在這座中式的建築裡某一個房間，二十一年前七月的某一天保育員把一個花毯子裹著的叫佳佳的女嬰交到爸爸傑恩手裡。爸爸傑恩說我是他見過的最美麗的小天使，一睜開眼睛就衝著他笑。不知道世上是否有神靈，一個被父母丟棄，雙腳內翻的殘疾女嬰是否知道討好是什麼，總之她把握住了這唯一機會，笑，這一唯人類的本能被這個弱小生靈適時地展現了一把，她的笑像一把鑰匙打開了爸爸傑恩的心扉。我看看自己穿著厚底短靴的雙腳，想著那個雙腳內翻的女

嬰。

快到門口了，我拉拉我的吊帶黑色緊身上衣，大大地吸了口氣向大門口走去。

剛走近，就見門口轉出一個老者。他伸出胳膊攔住我的路。

「找誰？」他説。

「我－」我想説我來找有關我父母的資訊，可是不知為什麼沒説出口，我説：「我，我來找有關我的領養資訊。」

「有介紹信嗎？」

「介紹信？什麼是介，紹信？」我開始結巴。

老者眉頭皺起來：「有預約嗎？」

我搖頭，這回我聽懂了。

「都沒有！」他一邊嘟囔一邊做了一個趕快走的動作。

我還想說什麼，可是只見那位老者一轉身回到他的小屋裡，外面留給人過往的小門也隨之關了起來。

我愣在哪裡，感覺不是一個好兆頭。我抬頭看了看那陰霾的天，那種被遺棄的感覺又回到我的心裡。

歐陽律師這個名字跳入我的腦海，我想起爸爸傑恩在出發前跟我說的話：這是你第一次去中國，你的中文不是很流利，對那裡的風俗習慣也不太了解，有事可以找歐陽律師，他是個專職領養訴訟的專家。我趕快找到我的資料夾，拿出爸爸傑恩塞給我的歐陽律師的名片，撥通了電話。

歐陽律師在他考究的國貿中心附近的律師事務所接待了我。北京國貿 CBD 像世界上所有的金融中心一樣，高樓林立，寬敞氣派。下了地鐵我按著歐陽律師給我指的路在高樓大廈之間穿梭尋找國貿大廈 A 座，他說他的助理傑森王會在門口接我。終於，我來到國貿大廈 A 座大樓前，遠遠地我看到一個西裝革履的年輕人在門口張望，走近詢問

果然就是來接我的傑森。寒暄以後，傑森帶著我乘電梯來到十樓，下了電梯，左轉我們在第一個辦公室前停下來。我看到門牌上寫著歐陽鍵幾個字，我想這一定就是歐陽律師的辦公室。傑森輕輕地敲了敲門，聽裡面有人說：「進來。」 傑森才推開門請我進去。走進歐陽律師的辦公室，北京國貿 CBD 的鳥瞰全景就呈現在我面前。「哇，好美的窗景！」我心裡禁不住讚歎道，同時又感到有些恍惚，以為自己還在美國，在爸爸傑恩波士頓 CBD 的辦公室。

見我進來，歐陽律師立刻站起來走過來跟我握手，「歡迎，歡迎來北京。」他熱情地說著看，客氣地我坐下。

「歐陽律師你好！」我握著他的手好奇地打量他。他高高的個子，消瘦的身材，戴著一副金邊眼鏡，一派學者風度。我注意到他穿著一身筆挺的阿瑪尼黑色西裝，讓我又想起爸爸傑恩。

「來了幾天了？還適應嗎？」他坐在我對面的沙發上關切地問。

我點頭說：「昨天下午到的，一切都很順利。北京很漂亮，只是跟我想像的很不一樣。」

「是嗎，怎麼不一樣了？」他饒有興致地問。

「我說不清，北京的建築，就像您的辦公室非常漂亮，很前衛，感覺像是在紐約，可是這裡的霧霾很重，人很多。」我想起機場上那個我問路，對我不理不睬的人，和領養中心揮手讓我離開的老者，可是我沒有講。

「嗯，中國這些年發展很快，北京是首都，肯定是發展的重點，很多一線城市比如上海也很漂亮，但是二線三線城市還差得很遠。人多則是沒辦法的事，可以說是中國特色吧。至於污染呀，還有人的素質這些也是一個快速發展中的國家必然會遇到的問題，我想慢慢會越來越好的。」

歐陽律師說話語氣溫和，我放鬆下來。

「你這次來中國有什麼計劃嗎？有什麼地方需要幫忙千萬不要客氣，我跟你爸爸傑恩是好朋友，能幫上忙我會

非常高興。另外如果願意，你可以叫我歐陽叔叔。」

「謝謝您，歐陽叔叔！我爸爸傑恩也説我可以叫您歐陽叔叔。」

見他這樣熱情，我就把我的計劃跟我去領養中心遇阻的事跟他説了。

他聽了以後哈哈笑了，説：「老人只是照章辦事。這樣吧，你明天再來，我先跟他們打個招呼，明天讓我助手陪你去。」

我本來以為他會像在美國那樣寫個郵件吧我介紹給領養中心他認識的人，然後我自己去聯繫約見。可是他説打個招呼，我不知道打個招呼是什麼意思，不過他説讓他的助手陪我去我想一定沒有問題了。

「那太謝謝您了歐陽叔叔，那我明天再來？」

「嗯，明天早晨九點我讓傑森帶你去。」

第二十四章

在歐陽律師的幫助下，我現在可以自由出入北京福利院兒童領養中心。中心領導，老師，工作人員對我都像親人一樣，大門口的人也不再攔我。只是關於我的身世，他們沒有找到任何相關資料，我有些失望，本來以為至少會有一些記錄，可是中心領導告訴我，我屬於早期被領養的兒童，那時領養中心的制度不完善，很多資料沒有存檔。為了進一步幫助我，他們還找出早期在領養中心工作的人員名單，只是那些人都早就離職退休了，最後總算聯繫到兩個，可他們說那時孩子多，工作人員少，真的不記得具體案例了。雖然沒有找到我的領養資訊，但是這半個月我並非一無所獲，我知道了我屬於一個特殊群體，它有一個專有名詞叫「棄嬰」，被拋棄的嬰孩。我說這麼多年我為什麼這樣心痛，這樣耿耿於懷，原來我的生身父母就是把我丟棄在街頭。被稱為棄嬰的這些孩子多是女嬰，很多是

殘疾兒，或是患有先天性疾病，這些棄嬰還有一個共同的特徵就是出生資料不全。既然我屬於這個群體，我意識到我找到我的生身父母的可能性很小。

那天陰天，悶熱但是又不是要下雨的樣子。我坐在領養中心的會議室裡，面前是一大摞尋找孩子的父母填寫的申請表。

由於查不到任何關於我領養的資料，中心領導換了個思路，想從尋找孩子的父母填寫的申請表入手，看看是不是這些父母填寫的申請表裡有跟我的情況對得上號的資訊，為此中心還派了一個工作人員幫助我查詢。

兩天了，我們已經查了兩天了，可還是沒有找到任何跟我有關的資訊。我們看了那麼多申請表，我已經看出規律來了，多數父母都清楚地記得他們把孩子丟在了什麼地方，只是這樣的資訊多半沒有用，因為現在中國的很多城市都變了樣，原來的街道早就沒有了；另外那些存活下來的棄嬰兒多是被好心人在路邊發現送到福利院的，這些孩子即便有檔案，也沒有她們最早被遺棄在什麼地方的記錄。

有的父母會在嬰兒的繦褓裡留一個紀念物，我知道我沒有，除了一個包著我的花布包，沒有任何其它物件……我不想再查看下去，我感到很傷心，為那些想尋回孩子的父母而傷心，也為那些被拋棄的孩子而傷心。我想照我當時的心境即便是找到我生身父母，我也不知道怎樣面對他們。

　　思路釐清了，我把我的北京之行改成中國之行，我想從北到南做一次背包遊。我來中國已經快兩個月了，我的中文進步很快，可是對於這個國家我還了解得很少。這個我生於斯的國度，雖然它讓我感到莫名地親切，可對我來說它還是既神秘又陌生。在北京我學到一個新詞：「血濃於水」，我想這就是我對北京雖然感到陌生卻又很親切的原因吧？！對於我被拋棄這一事實我還是不能完全釋懷，我是個殘疾兒，正因如此，這個話題才顯得格外沉重。可是我已經不再執念於尋找我的生身父母，這次來北京我已經找到了我的根，這一點毫無懸念，我的黑頭髮黑眼睛就是證明。現在我更希望的是了解這個國家，了解這裡的文化。

　　我把我的想法告訴了歐陽律師，他沉吟一下說：「嗯，這樣也好。你原來說要找你的生身父母，我當時就有點擔

心。我處理過很多被領養的孩子尋找父母的案例，你知道多數結果都不是很理想。」他說話時看著我的眼睛，又讓我想起爸爸傑恩。

「歐陽叔叔，您說的情況我知道。來之前我也查過很多資料，在美國有很多有關領養兒童與父母的研究，我讀了很多相關資料。有的被收養的孩子一直想找他們的生身父母，等到他們成人了，最終想方設法找到他們的父母，卻因為背景不同，想法不一樣最終又鬧翻了，最後的結果更令人傷心。」

「嗯，你說的那種情況確實存在，不過每個人的情況不同，也有結局非常完美的。只是你這種早期被領養的孩子，很快找到生身父母的可能性很小。但我覺得也不要放棄，我會幫你繼續尋找，如果能找到，不管結果如何，總是了了一個心結。」

我低頭不語，不知道如何回答才好。我雖然已經不再刻意尋找我的父母，可是他的提議誘惑太大了，我無法拒絕。

「你想出去旅遊是個非常好的想法，把你的行程告訴我，我來幫你安排。」他熱心地說。

「不必麻煩了，歐陽叔叔，我自己能行。」

「我知道你們美國孩子都非常獨立，可是在中國旅遊還是不像在美國那麼方便，路上有人關照總是好些。」

他說得十分肯定，我怕拒絕顯得我很無禮。他這點不像爸爸傑恩，爸爸傑恩總是尊重我的想法，我需要幫助時才伸出援助之手。

「那就麻煩您了歐陽叔叔！」我說完，剛起身準備離開，就聽歐陽律師說：「狄娜，在你出遊之前，我想能否安排你見一個人？」

我點頭，等著他說完。

「這家人是我的一個客戶，早年他們也遺棄了一個女兒，現在一直在尋找女兒的資訊。」

「您是說他們有可能是我的生身父母？」

「不是，我知道他們不是你的生身父母，我想讓安排你們見一面，因為我覺得對你們雙方可能都是一件好事情。」

讓我見一對拋棄孩子的父母，我不知道我是否有這樣的心裡準備。我猶豫不決，沒有答話。

「狄娜，我理解你的心情，如果你不想見他們，我絕不會強求。可是如果你願意見見他們，雖然對你尋親一事不會有太大幫助，但我知道他們會非常感激你去看他們。」

「是嗎？那好，如果我能幫到她們，我很願意見他們，也許我能夠在美國的社交網上發些資訊，幫他們尋找他們的孩子。」

歐陽律師笑了：「那當然是最好不過的了。」

*

見到程叔叔是在他家社區的大門口，知道我來拜訪他專門到大門口來迎接我。見到程阿姨跟他們的女兒勤勤是在他們家裡，當時程阿姨坐在沙發上，身上圍了一個毯子，勤勤坐在她媽媽邊上拉著她媽媽的手，茶几上擺著新鮮的蘋果。

　　一聽我們進門，程阿姨就驚跳起來，臉上是既驚恐又欣喜的表情。

　　路上程叔叔已經告訴我，程阿姨因為找不到女兒落下了心病，精神不是很正常。程叔叔說如果她說胡話，請我不要介意，我能來看，他們已經非常高興了。程叔叔還告訴我，他們的女兒勤勤現在在上大學，今天是專門請假回來見我的。

　　換了鞋，程叔叔上前拉過他妻子的手，慢聲說：「春香，這是佳佳，她爸爸是歐陽律師的朋友，她從美國回來尋親，專門來看看我們。」

　　程阿姨慢慢地伸出手來拉起我的手：「佳佳？」她眼睛

游移不定地看看我又看看程叔叔：「佳佳跟美美在一起？」

「春香，坐下説。」程叔叔對他太太説。程阿姨聽話地坐了下來。程叔叔繼續説：「春香，這是佳佳，不是美美，她不認識美美。」

程阿姨並不理會，繼續拉著我的手，眼睛直直地看著我。

「程阿姨好！」我走到她身邊，坐下來。突然我看到她眼睛裡流下淚來：「孩子你受苦了！媽媽對不住你呀！」她一把抱住我泣不成聲。

程叔叔見狀趕快上前把我們分開：「春香，這是佳佳，不是美美。」勤勤走上前來，在我面前蹲下來：「佳佳姐姐對不起，你不要害怕，媽媽現在看到你這個年齡的小姐姐都會哭。一會就好了。」

我點頭。我沒有媽媽，從來沒有見過母親的眼淚，那句媽媽對不住你呀就像一把利劍直擊我的心，我知道程阿

姨不是我的母親，我不論多麼想知道我的母親為什麼拋棄我，可是我從來不敢奢望母親的懺悔，想都不敢想。我使勁地忍，可是沒忍住，我的眼淚流了下來。

　　一看我哭了，程叔叔著了慌：「孩子，你怎麼了？你怎麼也哭了呢?!」 勤勤也著急起來：「佳佳姐姐，你沒事吧？」

　　「沒事，沒事。」我強忍住眼淚笑了笑：「我看到程阿姨哭了，感到很難過。」

　　「唉，佳佳不怕你見笑，孩子一送走她就開始哭，這麼多年了非但沒有好，還越來越厲害了。這不那天聽歐陽律師談起你，我們想也許勤勤媽媽看到你會安心點，就對歐陽律師提出想要見見你的要求。我們想要是我家美美也被好心人領養了就好了，也許她也在美國，跟你一樣長成一個漂亮健康的大姑娘。」

　　程阿姨聽到程叔叔的話不哭了，又轉向我：「孩子，讓我看看的你的手？」

程叔叔想上前阻攔，我跟他講沒事，把手伸給程阿姨。

　　程阿姨抓著我的手翻來覆去地一邊看一邊喃喃低語：「怎麼美美的手長好了？」

　　程叔叔又走上來拉開他妻子的手：「春香，不是跟你説了，她是佳佳，不是美美。佳佳來看你是想讓你知道美美不管在哪裡，會跟佳佳一樣長得又健康又漂亮。」

　　程阿姨的的眼睛暗淡下去，低著頭自顧自地説著：「可是美美的手不好，美美的手不好……」

　　程叔叔看著困惑的我説：「佳佳你不知道，我家美美生下來兩隻手是畸形的。我們當時太年輕，覺得養不起就把她送到了福利院，一送走就開始後悔，這幾年生活好了，就越是覺得對不住孩子。她手那樣怎麼生活呢！我們真不該把她丟棄！」說著，我看到程叔叔的眼圈也紅了。

　　我以前只注重於自己的感受，從來也沒想到做父母的把孩子送走所受到的心靈的創傷，即便那是他們自己的選

擇，也是骨肉分離。我現在慢慢明白為什麼歐陽律師希望我來看看他們。我也曾是個殘疾兒，被爸爸傑恩，爸爸鮑比收養，他們把我的殘疾治好了，把我養大，我現在健康自立，也許程叔叔程阿姨看到我現在的樣子對他們的心是一種安慰，至少對他們那個被拋棄的孩子也能存些美好的念想。

我走上前去，拉起程阿姨的手：「程阿姨，對不起，我不是美美，不過我看到您們這樣傷心難過我也很難過。我想要是您家美美也跟我一樣被人領養，在他們領養父母的照顧下健康成長，我想她一定跟我一樣不願意看到您們這樣難過。」

程阿姨不再自言自語，仔細聽著我說話。

「程阿姨，程叔叔，勤勤，我想給你們看看我的腳。」說著我把襪子脫了指給他們看我腳背到腳腕上一些很長的疤痕。時間長了，疤痕的顏色跟周邊的皮膚沒有兩樣，可是疤痕還是清晰可見：「我也是個殘疾兒，我爸爸傑恩來領養我的時候，我的雙腳都是向上翻的。從小到大我做了

很多次手術。」

　　啊！他們一臉的驚愕。「那你現在走路沒事嗎？」勤勤問。

　　「沒事，我後來還學跳芭蕾舞呢！」我笑著説。

　　「你的美國領養父母對你真好！」

　　「我沒有母親，我是被兩個爸爸領養的。」

　　我看得出來他們有點弄不明白。我不在意解釋，可是那不重要。「他們對我非常好！」我説。

　　「佳佳，真為你高興！但願我們家美美也有你這樣好的運氣。」 程叔叔説這話的時候，程阿姨眼睛裡有了光，只見程叔叔拉著她的手接著説：「春香，你看佳佳長得多麼好！你要快快養好身體，哪天咱們找到美美，把她接回來。」

「程阿姨，您好好養好身體，我回美國以後會把您家美美的資訊發到社交媒體上，也許您們很快就能找到她。」

這回輪到程叔叔掉淚了，他上前握著我的手說：「謝謝你佳佳，謝謝你！」

我現在喜歡別人管我叫佳佳。他們說「佳」就是最美好的意思，我父母給我取了這個名字，她們一定是愛我的，希望一切最美好的事情都發生在我身上。我能被爸爸傑恩爸爸鮑比收養可能也是因為他們的祝福。我回想起波士頓家裡曾經的歡聲笑語，迴響起我拼字得獎爸爸們的快樂與驕傲，我回想起我的芭蕾演出，小提琴考級……從程叔叔，程阿姨家回去的那個晚上我睡得特別安穩。

我的旅遊計劃推遲了，我成了程家的常客。

程叔叔程阿姨待我像是他們的親生女兒，勤勤更是成了跟我無話不談的好朋友。通過他們我還認識了很多在尋找孩子的父母。這些拋棄孩子的父母大多數都是農村人，他們來城市打工不慎懷上孩子，如果是男孩，送回老家家

裡老人為了傳宗接代還願意照看，如果是女孩又是個殘疾兒真的就是毫無出路。大多數這些來打工的年輕人連福利院都不知道，不慎懷了孩子，又養不起，很多就把孩子放在街頭，希望有好心人把她撿去。在他們的觀念裡，這就是他們能給這個孩子最好的出路了。

那天幾個阿姨叔叔來程家看我，有一位溫州來的阿姨，像是總想跟我說話，可是她一拉著我的手就開始哭，幾次都沒說出一個字。後來程叔叔告訴我說她年輕時從農村跑出來打工，結果懷孕了，孩子在肚子裡都 6 個月大了她都不知道自己懷孕了。孩子生下來，早產，像隻小貓，她不敢告訴任何人，就把孩子放在了街頭。可是就在她離開的那一剎那孩子哭了，她不敢回頭狠心走開了，然而孩子的哭聲卻永遠地印在了她的腦海裡。她後來再也沒有要孩子，至今還會被午夜噩夢裡孩子的哭聲驚醒，她現在唯一的希望就是找回那個孩子。

有一次勤勤問我：「佳佳姐姐，我媽媽想問你一個問題，可是她不敢，讓我幫她問。她想知道你是不是記恨把你丟棄的父母。」

我说那幾次去看程阿姨她總是躲著我不想來見我。我現在知道那些拋棄孩子的父母他們既內疚，悔恨想找回孩子，但是又特別怕他們的孩子不原諒他們，把他們想得很壞。我正在沉吟，勤勤又說：「佳佳姐姐，你要是不想說，你不必說，我能夠明白。我想我要是你，我會恨我的父母，我永遠也不想見到他們。」

我看著她無憂無慮的臉笑了：「我剛來的時候心裡是有恨的，現在沒有了，特別是認識你父母以後，還有那些找孩子的叔叔阿姨以後就更沒有了。我覺得當時不管什麼情況他們把孩子拋棄，他們內心深處都是希望給孩子一個更好的出路吧！他們拋棄孩子可能有些私念，可是這麼多年過去了他們還是那樣想念那個被他們拋棄的孩子，特別是他們生活好了以後，他們更想他們的孩子，這一點我想不是愛，又是什麼呢？！」我自問自答地說。

「我有時也會恨我父母把我姐姐給送走了，我怕他們哪一天把我也丟棄了。」

「傻姑娘！別瞎說，你看你父母愛你愛成那樣，就恨

不得把你含在嘴裡呢！」

「啊呀，佳佳姐姐的中文現在太牛了，連含在嘴裡都會說了！不過你說得對，我姐姐的事是我們家每個人的傷痛，我父母，我都那麼想她就是因為我們愛她。」

什麼叫做好生活，對孩子來說跟親生父母在一起就是最好的生活，可是對於大人來說……他們也許考慮事情的角度不一樣吧。我這樣想可是沒說話。

「勤勤，你幫我問了嗎？你們學校的支教項目還有名額嗎？我可以報名參加嗎？」

「對不起佳佳姐姐，他們說你不能參加我們學校的項目，可是我們這個去雲南的支教項目也在網上招募志願者，你申請，然後咱們可以同一個時間去。」

第二十五章

我去了去雲南山區支教，勤勤他們一行十五天就走了，我卻留了下來。

事事難料，那個在美國長大的中國姑娘，那個要什麼有什麼卻好不珍惜，執著於自己身世，整天要找媽媽的我，竟然會在靖安這個雲南的小山村成了孩子頭。

一晃，我在這裡已經待了一年半了！有時我看著自己一身泥，幾週沒有洗澡，我就想到艾瑪姨，不知道她現在見到我還會不會抱著我說狄娜你真漂亮！

最早我是從勤勤那裡聽說支教這事的，本米我以為就是去教教孩子們英語，後來參與了才知道支教的對象主要是那些留守兒童，除了教他們知識以外，更多的是要做他

為愛無需道歉

們的心靈陪伴。

　　留守兒童也是我來中國以後學到的一個新詞，最開始我不知道留守兒童是什麼意思，查維基百科看到上面對留守兒童是這樣定義的：留守兒童是指由於父母一方或雙方外出去城鎮打工而被留在家鄉或寄宿在農村親戚家中，長期與父母過著分開居住、生活的兒童。[2]

　　那是維基百科的定義也是我最初對留守兒童的理解，我現在對留守兒童有了新的定義，他們的名字是小琴、愛珍、明明、立軍……他們有維基百科上描述的所有共同特徵，但對於我他們更是一個個獨立的個體，他們是我的學生，也是我的弟弟與妹妹。我從小就找媽媽，知道母親這一角色的缺失對於一個孩子意味著什麼，更何況，他們比我更不幸，我有養父們的愛護，在他們的成長過程中，父親也不在身邊。

---

2 留守兒童的現象，也是近年出現的嚴重社會現象。這些留守在家的兒童正處於成長發育時期，由於與父母的分開而缺少必要的思想指導和觀念的塑造，更是缺少父母的關注與呵護而導致留守兒童出現孤僻內向、情緒消極、自覺性差、膽小怕事等心理缺陷。

我懂他們，也愛他們，很快我就成了最受他們歡迎的老師與大姐姐。

　　人們都說經歷了事情與磨難人才能成長，這一年半，在這個邊遠山區陪伴孩子們的日日夜夜裡我真正地脫胎換骨了。那個執著於自己身世的我消失了，消失在數小時山路的家訪裡，消失在最基礎的數學計算一遍又一遍的重複裡，消失在為那些孩子的擔心裡，消失在陰冷寒夜裡寫的微博裡，消失在跟孩子們一起把捐助的桌椅背上山的路上，消失在與孩子們玩遊戲的歡聲笑語裡……我對事情的理解不再非黑即白，我學會了從多個視角觀察事情。我明白了父母出去打工把孩子留在家裡不是因為不愛，是無奈；女孩功課沒做不是因為不聽老師話，是因為從學校到家走了數小時山路以後還要照顧弟弟，照顧祖父母，還要種地；我知道突然輟學不是因為不喜歡學習而是因為需要打工補貼家用……

　　我的位置變了，那個處處依賴爸爸們的我，變成了孩子們的依賴，角色的轉變使我學會換位思考，我開始重新審視自己。那青少年時期的蹉跎歲月讓我羞於回首，不知道自己怎麼會那樣的叛逆！我不聽勸解，我行我素，自暴

自棄，給兩位爸爸帶來不知道多少麻煩。我常想起爸爸傑恩說的那句話：「我們不會為愛而道歉。」他說這句話時是爸爸鮑比搬出去了，我以為他們分開了，可是無意中發現他們還是在一起，我覺得他們欺騙了我。以我當時的邏輯，既然搬出去了就不該在一起了，如果他們還在一起就該馬上告訴我，否則就是在騙我……一個執念於自己的人，只會從自己的角度看問題，我不知道甚至在以後被告知我也不願接受爸爸鮑比搬出去是因為要給我留有空間，是不想在我青春叛逆的的糾結中再加一碼。愛是什麼？我現在明白了愛原來也可以是離開，而這樣的離開是情願委曲自己，也不強迫接受，是做出犧牲而不求報答，甚至於不求理解。可惜過往的我不懂愛，我是那樣的固執，心裡只有自己，即便在爸爸傑恩告訴我一切以後，我還是堅持認為他們一直在騙我，一直都不肯叫爸爸傑恩爸爸。跟爸爸傑恩談話的情景也常出現在我的腦海裡。每當我默不作聲，冥頑固執的時候，爸爸傑恩從來不強迫我說什麼，只是在最後加一句：我知道你聽明白了。我明白爸爸傑恩，我早就明白只是不肯說。現在在這個山區，面對二十三個留守兒童，我的位置轉換了，我瞭解了爸爸們的用心良苦，默默的付出，我知道了他們的愛是多麼無私，多麼偉大。「我們不會為愛而道歉」一想到爸爸傑恩的這句話我的眼裡就

湧滿淚水，恨不得馬上回到爸爸們的身邊跟他們說對不起！爸爸傑恩、爸爸鮑比，你們不用為愛而道歉，我們都不需要為愛而道歉！

頓悟需要閱歷也需要時間，多少個陰冷潮濕的雨夜，在那沒有電燈的教室裡，在崎嶇的山路上我終於慢慢地體驗到做父母的心情，明白了放棄也可以是因為愛。如果那個雙腳內翻嗷嗷待哺的女嬰是生在這樣一個山莊，別說爬山連走路都走不了的她將如何生活？生下來就沒有翅膀的鳥，生下來就不能走路的動物都會被淘汰。爸爸傑恩多次說過，很多事情需要我自己去理清楚。我釐清楚了，只是我愚鈍固執，繞了那麼一大圈才釐清楚，爸爸傑恩，爸爸鮑比謝謝你們無聲的守候，感謝你們從來沒有放棄我！

最近明明的事讓我想起爸爸傑恩讓我上大學的情景。爸爸傑恩不同意我高中畢業就去打工，他想讓我上大學，艾瑪姨也在一邊勸說我該去上大學，說我天生是個學習的料，說爸爸傑恩已經為我準備好了學費。可是我想都沒想就拒絕了，爸爸傑恩聽了我的話暗淡下去的眼神到現在還是那樣清晰地留存在我的記憶裡。我現在後悔了，後悔沒有聽爸爸傑恩的話，當時要是去上學，多學點知識，也許

面對明明的事就不會這樣束手無策。

　　明明是我支教以來關注最多的一個孩子，也可以說是最令我心痛的孩子。十三歲的他，跟別的孩子一樣是個留守兒童，父母在城裡打工，他在村裡跟爺爺奶奶過。剛來的時候我就注意到他跟別的孩子不一樣。他膽小內向，從來不主動說話，我們做活動他也不參加，只是躲在一邊冷冷地看。上課時，也總是坐在一邊心不在焉地發呆。後來，家訪時他爺爺奶奶告訴我，他原來不這樣，自從他父母離婚後，他才變成這樣了。瞭解了明明的情況我感到很心痛，事事都對他更加關注。初始，他非常抵觸，後來慢慢熟了，抵觸情緒少了很多，只是還是不愛說話。偶爾一次我問起他父母的情況，他突然開口說了很多，誇他父親多麼能幹，他母親多麼漂亮。知道他願意談他父母，我就找機會多問他父母的情況，慢慢地我知道他父母離婚就是他的心結。

　　他總是希望他們復婚，隨身帶著他父母的結婚照，他覺得父母離婚是他的錯，是因為他太不聽話了。找到了癥結，可是我卻不知道如何幫助他。我瞭解到他父母其實是因為性格不合才離婚的，跟他沒有任何關係，而且他父母因覺得不在他身邊對不住他對他還是很關愛的。可是對於

一個孩子來說怎麼能讓他明白大人的世界呢！

　　我請支教縣中心幫我收集一些父母離婚對孩子的影響的有關資料，希望瞭解兒童心理，從而能夠更好地幫助他。但是縣裡沒有找到任何資料，我很失望，只能更悉心地陪伴他。時間長了明明明顯地開朗起來，功課也有所進步。

　　可是屋漏偏逢連夜雨，幾星期前，明明的爸爸突然因為車禍去世了，明明又回到原來的狀況，而且情況比以前更差，跟誰也不說話了。面對明明的狀況我感到既難過又無能為力，我知道明明一定會對爸爸的離世感到傷心，可是不知道明明為什麼又變得自閉。明明的情況讓我感到束手無策，我意識到自己知識的貧乏，想著當時要是聽爸爸傑恩的話去上大學就好了。

　　明明的事讓我不能釋懷，可真正刺激我的是有好多個明明，好多個開朗愛笑的明明他們的命運也充滿劫難。在這短短的一年半裡我的二十三個學生裡有三個孩子父親去世，一個是因病，兩個因事故去世；另外還有五位老人離世，開朗愛笑的明明比自閉的明明好不了多少。貧窮與落後像

是個大漩渦，每個苦苦掙紮的人都只是能希望晚一點被拖下去。

我在這裡支教已經一年半了，做的時間越長，我越感到無力。面對貧窮與落後，我已竭盡全力，好像也沒給現狀帶來多大的改變。縣裡多次派來工作組幫助那些貧困的家庭，孩子們也乖巧聰慧，可是無論我們怎樣努力似乎都不能改變現狀。我開始思考，覺得我需要換一種思路，我要發聲，要喚起更多的人關注，我意識到想要改變明明們的命運必須動用所有的社會資源，要讓更多人參與，中國的，美國的。我也需要充實自己，上大學，學習系統的專業知識。我知道爸爸傑恩爸爸鮑比艾瑪姨都會支持我。想到他們我心裡無比溫暖，充滿信心。

都說我的行事風格像爸爸鮑比，我是行動派，一有想法我立刻開始行動。白天我給孩子們上課，照顧他們，晚上我開始申請學校。我還做了個集資計劃，我找了縣裡的領導，讓他們幫助我做了個修路，與建小學的預算。我要拉上爸爸傑恩，爸爸鮑比艾瑪姨都加入這個項目的自媒體集資，我知道他們會支援我。我還要找更多的人，更多的機構參與進來。我計劃著今年春節的時候回一趟美國，那

時學校放假了，不影響孩子們的學習。我想像著見到爸爸傑恩，爸爸鮑比跟艾瑪姨的情景心裡充滿甜蜜，我想念他們了！

漢語文字真是美妙倫絕，教育這兩個字涵蓋了撫育孩子長大成人的全部內涵。陪伴留守兒童的這一年半給我最深的體會是不光要教，更重要的是育。育是細緻入微的關愛，是無條件的奉獻，是時時刻刻的耐心守候，是以身作責的自律。我仔細體會，任何感悟都能在爸爸傑恩，爸爸鮑比身上找到印證。有時候我覺得我說的話都跟他們一樣。有其父必有其女，中文說得真好。想起爸爸們跟艾瑪姨，我心裡就充滿許多美好的憧憬。

可是那天，與艾瑪姨的通話改變了一切。

第二十六章

　　那天大雨如注，每到這個季節雲南都會陰雨連綿，可是那天瓢潑的大雨下個不停，就像天漏了一樣。我在慈水縣慈善中心的大廳裡轉著圈地尋找信號。電話信號斷斷續續，可是我聽清了，艾瑪姨讓我趕快回去，爸爸傑恩病危，想見我。

　　我聽清楚了，可是不太明白怎麼回事？爸爸傑恩從來不生病，怎麼就病危了？病危是什麼意思？難道我回去會見不到爸爸傑恩！？這個想法太可怕了，我的腦子裡面出現一片空白，我的腿像是灌了鉛，抬不起來，我跌坐在地上。

　　與艾瑪姨通話的第三天我坐在飛回美國的飛機上，那天通話的情景在腦子裡不斷重複。那天的雨怎麼那麼大，從來沒有過。我感覺迷迷糊糊，心裡慌亂異常。

一切都像做夢，那天我跌坐在大廳地上，腦子裡一片空白，弄不清爸爸傑恩怎麼會與病危聯繫在一起。當時似乎來了好多人，好像聽徐主任說狄娜不要著急，我們會儘快幫你安排回美國。現在我坐在飛機裡，腦子裡還是一片空白，糾結著同樣的問題，爸爸傑恩病危？怎麼可能！那個我永遠可以依賴，永遠守候在我身邊的，高大結實的爸爸傑恩怎麼會病危？！沒有見到他我無法相信，即便後來又與艾瑪姨通了電話，即便爸爸鮑比也證實了這個消息，我也拒絕相信。他們說他得了胰腺癌，兩年了，那就是我離開之前就查出來了？我怎麼一點也不知道？艾瑪姨說上半年好了一點，本來想告訴我，可是爸爸傑恩不讓說，說是不要影響我，只是不知為什麼突然病情就惡化了。我看著機窗外面翻滾的雲，眼淚像是斷了線的珠子流了下來，止也止不住，我從椅子上站起來趕緊往洗手間跑。

　　我坐在座位上不斷變換姿勢，心裡七上八下煩悶不安。飛機怎麼飛得這樣的慢！我恨不得插上翅膀一下飛到爸爸傑恩的身邊。我要拉著他的手，告訴他一切。我要跟他講對不起，一年半前我離開美國時，我執念於白己，不知道關注別人，他的身體不好，我沒有注意到，是我太不懂事；我要告訴他在雲南靖安每次遇到困難我都會問自己爸爸傑

　為愛無需道歉

恩爸爸鮑比會怎麼做；我要告訴他我以前不諳世事還自以為是，不知道上學的重要性，現在我已經申請上大學了；我想告訴他我想主修心理學，人學畢業以後我想去學醫；我要告訴他靖安學校裡的明明、阿香、和珍珍……我還要跟他，跟爸爸鮑比，艾瑪姨一起為靖安小學募捐……我知道他會摸著我的頭欣慰地笑。他會好起來的，世界上什麼事也難不倒他。

飛機晃呀晃，我一會睡一會醒，朦朦朧朧仿佛又看到那些巴巴地望著我的眼睛。孩子們那樣懂事，什麼也不問，只用眼淚訴說著不捨。趕來的孩子們的爺爺奶奶，阿姨叔叔們哭了，孩子們哭了，我哭了，縣裡來接我的人也哭了。

支教中心主任説佳佳姐姐家裡有事必須儘快回去，她還會來……

我當然會回來，不但我會回來，我還會帶爸爸傑恩，爸爸鮑比，艾瑪姨來。我仿佛看到艾瑪姨走在鄉間泥濘小路的樣子，把我們笑死了！走山路對爸爸傑恩爸爸鮑比來説根本不在話下，我想起小時候他們兩個輪流背著我那些

説走就走的徒步旅行。三歲我就爬上了莫納克納克山，那是北美被登頂最多的山，最陡的地方必須手腳並用。那時，我太小爬不了，他們就把我放在登山架裡背著我，容易走的地方他們一個人拉著我的手，一個人在後面托著我往上爬。

我聽到後面嘩啦嘩啦地響，一回頭，看到本，他站在我們教室的窗邊手裡拿著畫衝著我笑。笑什麼，我嗔道，還不快把畫貼到牆上，等會明明他們就要來了。好！瞧我的！他說著卻一轉眼不見了。本，本，你在哪裡，你在哪裡？我的聲音在土坯牆裡回蕩，可是沒有本！我跑到屋外，沒有本，只有群山層層疊疊在夢境般的霧中忽隱忽現。本，你在哪裡？我用盡力氣卻發不出聲音，心一沉嚇醒了。

「你沒事吧？」旁邊座位的人關切地問。

「哦，沒事，沒事，我做了個夢。」

我換了個姿勢，手心都是汗，心還在怦怦地跳。我已經很久沒有夢到本了，最近入夢的都是爸爸傑恩跟爸爸鮑比。我拿出手機打開相冊，一張一張翻看。

‧我的嬰兒床，粉色的床圍，粉色的毯子，我穿著粉色的睡衣趴著睡得十分香甜。爸爸傑恩說我愛趴著睡，有時幫我翻過來，我自己一會又翻回去了。

‧這一張裡我騎在爸爸鮑比的脖子上，爸爸傑恩在一旁豎著大拇指指著我的腳。這張照片是艾瑪姨照的，那時我三歲，剛做完最後一次腳整形手術，艾瑪姨提議拍張照片留作紀念。

‧我的第一堂芭蕾課。穿著蟬翼般的粉色小裙子的我正看著練舞的大孩子們出神。這張肯定是爸爸鮑比照的，我的課外活動都是他送我去。

‧我每年各種彙報演出的照片。爸爸鮑比把它們都做進了一張明信片。

‧我拿著小提琴晉級證書的照片。照片中的我笑得燦爛無比，嘴裡缺了好幾顆牙，那時正是我換牙的時候。

‧這一張，我坐在爸爸鮑比背著的登山架上，喝著牛奶。爸爸傑恩說我最愛喝奶，直到五歲了，我每天早晨起

來第一件事就是要喝一杯牛奶。

‧ 我三年級的盛大生日晚會！坐在成堆的禮物中我笑得嘴巴都咧到耳根。

‧ 我拼字第二名的領獎照片。

‧ 我每年萬聖節穿的不同的服裝照的照片……

‧ 還有本，本畫的畫。我把本的照片放大看，他的眼睛碧藍碧藍的，我忍不住地伸出手去撫摸。

‧ 在哈佛法學院走廊裡拍的照。照片中的我，仰著下巴，顯得一本正經煞有介事。

我想看爸爸傑恩與爸爸鮑比的照片，翻來覆去找，可是我發現竟然少得可憐，手機裡都是我的照片。

從小到大總是聽爸爸們說他們特別幸運有我做女兒，現在我知道了，上天是如何眷顧我讓我被爸爸傑恩跟爸爸

鮑比收養，在他們的監護下長大成人！以前我不懂事，非但從未想到要感激他們，還對他們的愛視而不見，現在我懂了，我晚熟，過去的一年半才真正懂得，我還沒有機會告訴過爸爸們，還從來沒有感謝過他們的養育之恩。我知道我給他們找了無數的麻煩，帶來數不清的焦慮……飛機飛得真慢，我的心早就飛到他們身邊。

終於飛機停靠在了羅根機場。我早早地收拾好東西，告訴空姐我有急事，請她們把我換到了一個離出機口近的空位。飛機一停，我就開啟手機焦急地查看。終於訊號恢復了，我看到艾瑪姨發來的短訊說她已在 D 號航站樓私車接人處等我。

快，快，一下飛機，我就向 D 號航站樓接人處跑去。我在飛機上就查好了，到了 D 號航站樓，下了電梯就是取行李的大廳，東邊那扇門就是接人處。

「啊，艾瑪姨！」剛到電梯口我一眼就看到艾瑪姨，她穿著米色的大衣站在電梯口等我。我飛快地衝下電梯，摟住她時已經泣不成聲：「艾瑪姨，爸爸傑恩怎麼了？」

「不要哭狄娜，他在等你，快，咱們先走，行李以後再來拿，我已經關照行李處了。」

快，快！一路上艾瑪姨不停地在催司機，我的心沉了下去，緊抓著艾瑪姨的手不敢出聲。我不敢問，不敢張口，我害怕知道我們為什麼這樣著急地趕。

總算到了醫院門口，艾瑪姨塞給司機一逕錢，拉著我就跑。

醫院的走廊靜悄悄地，護士在一旁無聲地做著他們手上的事，時不時有個醫生走過，都是一臉嚴肅。我們意識到了我們的慌亂，放輕腳步。我緊緊跟著艾瑪姨，轉來轉去。醫院怎麼那麼大？走廊那麼長？我們踮著腳跑啊跑，終於我們來到一扇門前，艾瑪姨停下來，拉拉自己的大衣，又走過來整理了一下我的衣裝跟跑亂了的頭髮，然後她緊緊地拉著我的手，輕輕地推開門走了進去。

第二十七章

　　我看見有個人躺在病床上，爸爸鮑比站在一邊，見我進來，爸爸鮑比迎上來，把我摟在懷裡，說：「狄娜甜心，你可回來了！」說著他拉起我的另一隻手把我帶到床邊，然後就見他俯身對躺在床上的人說：「傑恩，狄娜回來了。」

　　啊？爸爸傑恩？！躺在那裡的人是爸爸傑恩！我完全沒有認出他，他那樣的消瘦，人變得那樣小，頭髮剪短了，放在白色床單外面打著點滴的手瘦骨嶙峋！我不敢相信自己的眼睛！爸爸傑恩！我哭出了聲，一下撲到他的床上抱住他。

　　爸爸傑恩！爸爸傑恩！我大聲地叫，哭得泣不成聲。沒有人阻攔我，大家都在一旁抹淚。

　　「爸爸傑恩你怎麼了？你怎麼變成這樣了？我走的時

候你還好好的！」我慌亂地打量著躺在病床上的他。他沒有睜開眼睛，可是手動了動似乎想抬起來卻沒成功。我拉住他的手，仔細看，眼淚成串地滴在上面。是爸爸傑恩，我認識他的手！儘管瘦骨嶙峋沒有了以往的厚重，可是我認識它們，小時候我喜歡枕著它們睡覺。「爸爸傑恩，我是狄娜，我是狄娜呀！」

爸爸傑恩的手在我的手裡動了一下似乎想表達什麼，嘴唇也在顫動發出一些輕微的奇怪的聲音。爸爸鮑比把耳朵湊上去，搖了搖頭不知道爸爸傑恩想說什麼，然後他附在爸爸傑恩的耳邊說：「傑恩，狄娜回來看你來了，你睜開眼睛看看她吧？她就在這裡，就在你身邊。」

爸爸傑恩還是沒有睜開眼睛，手抖得更厲害了。

艾瑪姨附在我的耳朵上說：「狄娜，快，有什麼話想說趕快跟傑恩說。」

艾瑪姨的話像是一個炸雷，我突然明白了，我要是再不跟爸爸傑恩說我想對他說的話他可能就永遠聽不到了，

而我有一肚子的話要說給他聽。

　　「爸爸傑恩，不要離開我，不要離開我呀！」我把他的手放到我的臉頰上，哭著開始訴說：爸爸傑恩對不起，我不是一個好孩子，那麼多年，我一次又一次讓你們失望，給你們帶來了無數麻煩！我很抱歉，真的很抱歉！我總是跟爸爸鮑比對著幹，我對你們的忠告置之不理，我不懂愛，不知道珍惜……我現在真是羞於過往的自己，謝謝你們從來沒有放棄我！謝謝你們毫無怨言，在風雨中繼續守護！我在中國支教，啊不，我要感謝你跟爸爸鮑比的養育之恩，我愛你們，我申請了大學，好幾所學校都接收我了，我想學心理學……爸爸傑恩的手不再顫抖，放鬆了下來，我繼續說著：我見到了歐陽律師，我認識了很多人，我不想再繼續尋找我的生身父母，我要爸爸鮑比搬回來……我講起雲南靖安，講起明明……我說得語無倫次，可是我不管，我不停地說。突然我發覺爸爸傑恩的手變涼了。「爸爸傑恩怎麼啦？他的手變涼了！」我驚叫道。「快，快叫醫生來！快叫醫生來！」我一邊叫一邊慌亂地看向爸爸鮑比跟艾瑪姨。艾瑪姨走過來，把爸爸傑恩的手輕輕地從我手裡接過去放在床邊，然後她把我拉向她自己：「狄娜到我這裡來。」我不明白發生了什麼事，繼續大聲地叫道：「快

叫醫生來，快叫醫生來呀！」

「狄娜，傑恩已經聽不到你的聲音了。」艾瑪姨把我摟進懷裡。

「啊，你這是什麼意思？！啊，爸爸傑恩……不可能，這不可能，還有好多事我還沒來得及告訴他！」我掙扎著回到爸爸傑恩身邊，可是艾瑪姨緊緊地摟著我，我無法掙脫。我看到屋裡突然進來很多人，爸爸鮑比用手捂著臉站在一旁。

第二十八章

　　十月的波士頓已經開始冷了，金黃的樹葉落了一地，我蹲在爸爸傑恩的墓前在花叢中擺放著我的大學錄取通知書。我愚鈍固執，繞了那麼一大圈才看見爸爸傑恩與爸爸鮑比對我溫厚無疆的愛，而這愛從第一天爸爸傑恩爸爸鮑比接住了繈褓中的我那一刻就一直圍繞在我身邊。它超越了血緣，超越了種族，超越了國界。可是曾經的我不懂，我對身邊的愛視而不見，卻到處尋找想像中的愛，等我明白了我的生身父母只給了我生命，而讓生命發光，讓我成為有用的人的是爸爸傑恩跟爸爸鮑比，是他們的默默付出，耐心的守候與精心培育成就了今天的我。在我終於明白之際我卻失去了爸爸傑恩。對他的養育之恩我無以為報，只覺得也許我的大學錄取通知書能夠帶給他些許安慰。一陣風吹來，樹葉沙沙作響，我的眼淚又湧上來了。

爸爸鮑比走過來蹲在我身邊，我把頭靠在他的肩膀上開始大聲地哭：「爸爸鮑比，真是對不起，我怎麼那樣不懂事呢！」爸爸鮑比沒說話，拍著我的肩膀就像小時候哄我睡覺。

「爸爸鮑比，爸爸傑恩一直想讓我上大學，我卻……這是我的布蘭迪斯大學的錄取通知書，爸爸傑恩就是從那裡畢業的。可是爸爸傑恩，爸爸傑恩他，他……」我泣不成聲，拿著我的大學錄取通知書說不下去了。

「過來狄娜，到我這兒來。」爸爸鮑比張開雙臂把我摟進懷裡。

「爸爸鮑比，我想讓他知道我聽了他的話，我要去上大學了。」我撲在爸爸鮑比的懷裡，咽哽著繼續說。

「哦，他知道，他知道！他從來都知道你一定會上大學的，而且一定是學習最好的那個。他從來都是最相信你的。」聽了爸爸鮑比的話我的眼淚流得更凶了。

艾瑪姨走過來拿過我的大學錄取通知書幫我安放在爸爸傑恩的照片邊上。

　　「狄娜甜心，不要哭，你知道傑恩最看不得你哭了。」艾瑪姨撫著我的背說。

　　我點頭，使勁忍住抽泣不讓眼淚流下來。

　　艾瑪姨拉起我跟爸爸鮑比的手說：「鮑比，狄娜你們過來，過來幫我把這些花束整理好。」

　　爸爸傑恩的墓碑的周圍堆滿了鮮花，我跟爸爸鮑比，艾瑪姨精心地將那些花重新整理擺放。時間已近黃昏，天突然放晴了，一縷陽光透過樹隙照了進來。我直起身子正好看到爸爸傑恩墓碑上的照片，眼裡立刻又噙滿了淚。

　　「咯咯，咯咯……」 忽然我聽到一陣孩子的笑聲，我回頭望去，見一個小男孩正歡鬧著向空中拋撒著樹葉，他邊上站著個少婦。我看了一會，擦乾淚，回過頭來想繼續整理爸爸傑恩墓前的花束。可是我停住了，在我回過頭的

一剎那，我突然意識到那個少婦的身影有點熟悉，克莉絲蒂娜？是克莉絲蒂娜！沒錯，就是她！我轉過身看向她，她正在逗那孩子。

啊，克莉絲蒂娜！我做夢都不會想到會在這裡見到她。我整好衣衫，又擦了擦眼睛，邁開步子朝她走去。

是克莉絲蒂娜！走近了，我看到那對熟悉的藍眼睛，它們正溫和地看著我。

「上帝呀，克莉絲蒂娜！怎麼是你！」我們兩個擁抱在一起。

小男孩走過來，一邊拉克莉絲蒂娜的衣裙，一邊好奇地打量著我，那一對湛藍的眼睛跟克莉絲蒂娜的一模一樣。

「這位小紳士是誰？」我問。

「這是里昂，我兒子。」克莉絲蒂娜蹲下去，摟著里昂說：「里昂，這是狄娜阿姨，跟她說哈囉。」

為愛無需道歉

小男孩對我擺擺手，就又跑開了。

　　「我猜就是，他跟你長得太像了，連動作都跟你一樣！你結婚了？」

　　「嗯，跟安娜。」

　　「安娜？」我腦子裡搜尋著記憶裡那些人。

　　「安娜‧羅尼。」

　　安娜‧羅尼，我想起來了，那個有著褐色卷髮的西班牙裔姑娘。我說著眼睛忍不住又看向里昂，想搜尋那遺傳的印記。

　　「里昂有兩個媽媽，我的卵子，安娜代孕。」克莉絲蒂娜還是那樣洞察秋毫。

　　「哇，小里昂好幸運，有你們兩個做他的媽媽！」我由衷地說。

「克莉絲蒂娜，我真為你高興，祝賀你！」我又給了她一個擁抱。知道克莉絲蒂娜成立了自己的家庭，還有了這麼可愛的一個孩子對我來說真是一個雙重的驚喜。除了本、爸爸傑恩、爸爸鮑比、艾瑪姨、克莉絲蒂娜是我最親近的人。我知道童年不幸的遭遇在她心裡留下抹不去的陰影，雖然她很堅強，可是想起她我總是有點擔心，現在知道她結婚了，還有了孩子，心裡真正為她高興。

　　「哦，對了，今天你怎麼會在這兒？」我問。

　　「我來給傑恩送花，也順便看看你。狄娜，我真抱歉你爸爸傑恩這麼早就離開了。他是個好爸爸，也是個好律師。」

　　「謝謝你克莉絲蒂娜！在我困難的時候你總是伸出援助之手，我真的無法用語言來描述我的感激之情，我也替爸爸傑恩謝謝你，他要是知道有人這樣評價他，他一定很高興。」

　　「不必謝，我什麼也沒做。你爸爸傑恩是一個非常了

218　為愛無需道歉

不起的人，我們都愛他。」

我的眼睛又濕潤了，問：「你跟我爸爸傑恩熟嗎？」聽她那樣評價爸爸傑恩我有點好奇。

「當時你要的美沙酮就是你爸爸傑恩弄到的。」我想起了克莉絲蒂娜交給我的美沙酮，一看就是正規渠道買的。可不是，美沙酮是處方藥，可能也只有爸爸傑恩這樣的人才能弄到。電光石火之間，我感受到了一個做父親的良苦用心，為了女兒他真的什麼都肯做！「我們不會為愛道歉」，我想起爸爸傑恩的話，一陣悲傷襲來，我捂著臉抽泣起來。

克莉絲蒂娜走上前來，摟住我說：「狄娜，別哭，你爸爸傑恩非常愛你，看到你這樣他會傷心的。」

我忍住淚，使勁點頭。

「你要好好的狄娜，否則我們都會擔心。」

我什麼話也說不出來，只是不住地點頭。

「走吧，咱們到傑恩的墓前去，里昂跟我要跟傑恩說再見，我們下次再來看他。」

克莉絲蒂娜抱起小里昂挽著我的手臂向爸爸傑恩的墓走去。

該作品純屬虛構，
與現實世界的事件和人物沒有任何關聯。

國家圖書館出版品預行編目資料

為愛無需道歉 / 瑞菲著. -- 初版. -- 臺北市：博客思出版事業網，
2023.12

面；　公分

ISBN 978-986-0762-58-7(平裝)

857.7　112010698

現代小說6

為愛無需道歉

作　　者：瑞菲
主　　編：盧瑞容
編　　輯：陳勁宏、楊容容
美　　編：陳勁宏
校　　對：楊容容、古佳雯
封面設計：陳勁宏
出　　版：博客思出版事業網
地　　址：臺北市中正區重慶南路1段121號8樓之14
電　　話：（02）2331-1675 或 （02）2331-1691
傳　　真：（02）2382-6225
E - MAIL：books5w@gmail.com或books5w@yahoo.com.tw
網路書店：http://bookstv.com.tw
　　　　　https://www.pcstore.com.tw/yesbooks/
　　　　　https://shopee.tw/books5w
　　　　　博客來網路書店、博客思網路書店
　　　　　三民書局、金石堂書店
經　　銷：聯合發行股份有限公司
電　　話：（02）2917-8022　　傳真：（02）2915-7212
劃撥戶名：蘭臺出版社　　　　帳號：18995335
香港代理：香港聯合零售有限公司
電　　話：（852）2150-2100　　傳真：（852）2356-0735
出版日期：2023年月12月初版
定　　價：新臺幣280元整（平裝）
ISBN：978-986-0762-58-7